Maximilian Weingartner

Ein Königreich für eine Socke

Roman

Maximilian Weingartner wurde im Jahr 1984 in Berlin geboren und wuchs in der Südpfalz auf. Nach dem Abitur am humanistischen Gymnasium absolvierte er eine Ausbildung bei der Berliner Werbeagentur Heimat. Sodann folgte ein Bachelor- und Masterstudium der Politikwissenschaft und Volkswirtschaftslehre an den Universitäten Mannheim und St. Andrews in Schottland. Nach Beendigung des darauffolgenden Volontariats bei der Frankfurter Allgemeinen Zeitung arbeitete er als Wirtschaftsredakteur in Frankfurt am Main und als Korrespondent in Berlin. Nach einer Zeit als Kommunikationsberater für Krisen und Fusionen & Übernahmen bei Hering Schuppener Consulting, arbeitet er nun in der politischen Abteilung des internationalen Wissenschafts- und Technologieunternehmens Merck in Darmstadt.

Bibliografische Information der Deutschen
Nationalbibliothek: Die Deutsche Nationalbibliothek
verzeichnet diese Publikation in der Deutschen
Nationalbibliografie; detaillierte bibliografische Daten sind im
Internet über www.dnb.de abrufbar.

© Maximilian Weingartner-Stieda
Herstellung und Verlag:
BoD - Norderstedt
ISBN: 9783741273254
3. Auflage
Buchgestaltung:
Volker Heinle und Maximilian Weingartner-Stieda

1

Sein Bauch schmerzte höllisch. In letzter Zeit konnte sich sein Verdauungsorgan innerhalb von Minuten in einen brodelnden Vulkan verwandeln. Vor allem, wenn Philipp etwas stresste. Was in Gottes Namen hatte er nur liegen gelassen? Es musste etwas sein, dass er unbedingt brauchte, natürlich. Sonst hätte er nicht gerade gedankenverloren einer Frau, die seine Großmutter hätte sein können, ihren klebrigen *plum pudding to go* aus der Hand geschlagen. „Sorry, Ma'am", sagte er, kratzte sich im Gesicht und lief weiter in Richtung Flughafen-Ausgang. Auch die Neurodermitis war wieder schlimmer geworden und dazu hatten sich noch Bauchschmerzen gesellt, die ihn ständig auf die Toilette spurten ließen. Eben die klassischen, aus seiner Kindheit bekannten Symptome, es war ein Kreuz.

Der ehemalige Topbanker und neue Rettungseuropäer würde morgen also nur bedingt in der Lage sein, seine Mission mit Elan und Selbstbewusstsein zu beginnen, wenn er die ganze Zeit die Pobacken zusammenkneifen musste. Philipp nahm einen Schluck kalten Kamillentee aus seinem silbernen Flachmann und beschloss, das Vergessene einstweilen zu vergessen. Schließlich besaß er gerade so viel Macht wie nie zuvor in seinem Leben, da durften ihm ein paar gesundheitliche Kinkerlitzchen nicht in die Quere kommen. Die ihm zugestandenen Befugnisse umfassten schließlich das gesamte *Commonwealth* des ehemaligen britischen Empires. Egal was nun fehlte, es konnte ihn nicht in Schwierigkeiten bringen. Oder doch? Alasdair, sein Fahrer, öffnete die Tür der am Taxistand parkenden Limousine. Philipp setzte sich auf die Rückbank des Porsche Panamera, der Kombiversion des Sportwagens und fühlte sich sogleich wie zuhause. Dass ausgerechnet Alasdair sein Fahrer sein würde und diesem sogar die Firma gehörte, wusste Philipp nicht, als er einen Chauffeur via App bei diesem neuen Start-up gebucht hatte. Erst als die Buchungsbestätigung in seinem Emailfach eintrudelte, erkannte er den Namen wieder.

„*Where shall I bring you, Sir?*", fragte Alasdair in dem gepflegten schottischen Akzent, den Philipp so liebte und gerne als zweiten Zungenschlag benutzte.

„*To the Club, please, Alasdairrr. I'm in a hurrrrry*", sagte Philipp lustvoll und ließ die Rs von London bis nach Edinburgh rollen.

„*No worries, Sir*", sagte Alasdair und schloss seine Hände so fest um das Lenkrad zusammen, als ob er jemanden erwürgen wollte.

Unter den verärgerten Blicken seiner Kollegen manövrierte der Schotte den Porsche zwischen den Taxis heraus. Was für eine schlechte Figur gaben sie doch ab in ihren mittlerweile in China produzierten *pink cabs*. Wie adipöse Pekingenten sahen sie aus. „*Bloody English*", zischte Alasdair immer wieder, seine Herablassung nicht verbergend.

Philipp lehnte sich zurück, streichelte – wie seine Mutter früher – in Kreisen seinen Bauch und blickte neugierig aus den verdunkelten Scheiben des Wagens. Alles kam ihm so wie immer vor. Unbeeindruckt vom Wetter standen sie Schlange, und die Aussicht, so schnell wie möglich zu ihren Lieben nach Hause zu kommen, verwandelte sie in gutmütig glotzende Schafe. Sie würden trotz des eiskalten Schmuddelwetters einen schönen Sonntag verbringen, einen fettigen Braten essen, billigen Gin & Tonic trinken, abends nach dem Spielfilm Blümchen-Sex haben und am anderen Tag brav ins Büro gehen. *Fools.* Dabei würde sich ihr Leben ab morgen radikal verändern.

Sie wussten zwar, dass sich Philipp und die anderen Mitglieder der Troika im Anmarsch befanden, jedoch nicht, was für Folterinstrumente sie im Gepäck hatten. Ihre Schamlosigkeit ließen sie sich damit aber wahrscheinlich sowieso nicht abgewöhnen. Draußen schneite es, eine Mutter zog ihr Kind brutal an einem Gängelband und sah in ihrem Minirock und ihrem Flokati-Pullover aus wie ein halbnacktes, gerupftes Huhn. Ein glatzköpfiger Hüne mit Bomberjacke und Mickey-Mouse-T-Shirt darunter stopfte sich gerade einen Burger in den Mund.

Philipp hingegen machte einem englischen Gentleman alle Ehre, wenn sich seine Garderobe auch nicht mehr in einem astreinen Zustand befand. Er trug seine braunen Budapester mit arg viel Patina und mit einem bald nicht mehr zu vernachlässigenden Loch in der Sohle, einen zehn Jahren alten Anzug mit mürbem Innenfutter aus der *Savile Row*, der berühmten Straße der englischen Maßschneider, eine Krawatte mit den Farben seiner ehemaligen *Boarding School* und den weitergereichten Burberry-Trenchcoat seines Vaters. Sein linkes Handgelenk umspannte die beinahe 100 Jahre alte goldene IWC-Uhr seines Urgroßvaters, seit ein paar Monaten mit einem kleinen Sprung im Ziffernblatt versehen, der wie ein Blitz aussah. *Spleeendid, maaarvellous* würde sein Freund Anthony, der Rotschopf, der inzwischen zum britischen Prime Minister aufgestiegen war, wohl dazu sagen. Er würde die Abnutzungserscheinungen geflissentlich ignorieren, vielleicht auch, weil er ein bisschen kurzsichtig war. Philipp freute sich, seinen *old chap* von der Uni beim Dinner heute Abend zu treffen. Philipp holte die weiße Einladungskarte mit dem eingeprägten Wappen der Regierung Ihrer Majestät aus der Innentasche seines Jacketts. *Dresscode: Black tie.* Neben wem er wohl sitzen würde? Hoffentlich nicht neben dem asketischen und manischen Qigong exerzierenden britischen Finanzminister. Und wer wollte schon neben dem veganen Oppositionsführer des *House of Common* sitzen, während man sich ein blutiges Rinderfilet in den Mund schob?

Die Zeit der Lebemänner in der britischen Regierung schien vorbei. *What a pity.* Als Tischnachbar hätte er am liebsten den Gouverneur der Bank of England, der gerade wegen einer außerehelichen Affäre unter Beschuss der *Yellow Press* war und bestimmt einen Drink mehr als sonst brauchte. Wer würde nur als Vertreter des Königshauses entsandt werden? *Exciting question.* Fest stand: Die Elite des Landes würde sich in Schale werfen, um die Troika feierlich und zähneknirschend zugleich zu begrüßen. *Pie & Circumstances.* Pomp war nicht mehr drin.

In seiner Jacketttasche vibrierte sein nagelneues iPhone und Preußens Gloria ertönte, der zackige, zur Gründung des deutschen Kaiserreichs komponierte Marsch. Auf dem Display leuchtete ihm *Dr. No is calling* entgegen. „Naaaa, alles gut gegangen, mein Lieber?", flötete Franziska. Im Hintergrund hörte Philipp die Durchsagen in der Londoner *Tube*. Er kannte Franzi noch vom Internat in England, nun arbeitete die Österreicherin als Koordinatorin der Troika. Wer hätte das gedacht? Philipp nicht. Jura studieren, sich von einem schneidigen Corpsstudenten schwängern lassen, vier Kinder werfen und dann als gute Katholikin bei den Maltesern aushelfen, war seine Prognose gewesen. Wie schon ihre Mutter und ihre älteren Schwestern. Tja, knapp daneben. Franzi wollte von ihrer hervorragenden Ausbildung profitieren und sich von ihrer Familie emanzipieren, auch modisch: Mit Löchern in der Jeans, giftgrünen *Chucks*, meist ohne ihren Siegelring, aber mit Perlenkette. Die nonchalante Kombination, in der sie wahrscheinlich soeben steckte.

„Bin gleich im Club, Franzi. Du kommst doch da auch hin, oder?"

„Yes, wenn ich darf?"

„Klar, hab dir noch gesagt, dass es da ein Separée gibt, wo selbst du erlaubt bist."

„Haha, Philipp. Alles klar, dann bis gleich. Lateeer."

„Later", sagte Philipp und legte auf. Der Porsche schwebte förmlich vom Flughafengelände auf die Autobahn und Alasdair gab nun richtig Gas, der Motor röhrte hingebungsvoll. Ein Limousinen-Service in London mit einem Porsche Panamera zu gründen schien Philipp eine geniale Idee. Hier stolzierten schließlich genug Oligarchen und arabische Prinzen herum. *Well done, Alasdair.* Seine Familie konnte der

Schotte damit definitiv durchbringen. Immerhin würde ihn das wohl davor bewahren, sie beide in die Themse zu stürzen. Philipp hatte Alasdair während seiner Zeit als Banker mitten in der Finanzkrise vor die Tür setzen müssen. Das Bild im Intranet, auf das Philipp kurz vor dem Vollzug der unumgänglichen Tat noch einen Blick geworfen hatte, zeigte Alasdair lächelnd, offen, entgegenkommend, irgendwie verschmitzt, eine Seltenheit bei solchen Porträts, erinnerte sich Philipp.

Dieses Lächeln hatte er mit dem Rauswurf offenbar auch eliminiert. Oder wollte er es ihm nur nicht mehr zeigen? Die Lust mit einem Porsche durch die Gegend kutschiert zu werden überwog jedoch das mulmige Gefühl, dass Philipp gegenüber Alasdair hatte. Unauffällig musterte Philipp seinen alten Kollegen. Er trug einen dunklen Anzug, sein schwarzes, an den Spitzen graues Haar war kurz geschnitten, sein Gesicht hager, seine seltsam rötlichen, wie geschminkt aussehenden Wangen eingefallen. An seinem Hals ragte unter dem Hemdkragen ein Tattoo mit einem rosa Löwen hervor.

Alasdair blickte ihn plötzlich mit seinen stahlblau funkelnden Augen im Rückspiegel an. Ertappt wendete Philipp seinen Blick aus dem Fenster und sah die Silhouetten der Hochhäuser Londons am Horizont. Die Wolken über der Stadt schoben sich langsam vor die wenigen Sonnenstrahlen, der Himmel verdunkelte sich fast wie bei einer Eklipse. Wieso waren nicht die Bahamas bankrott?

Seufzend holte er die Zeitungen aus seiner Aktentasche und legte sie auf seinen Schoß. Er verglich die

Aufmacher, die nur ein Thema kannten: Die Arbeitsaufnahme der Troika in Großbritannien. Das Königreich war fast zahlungsunfähig und musste gerettet werden. *The invasion starts on monday*, lautete die Headline der *Sun*. Darunter konnte Philipp sich und seine Mitstreiter erkennen, jeder für sich und unverkennbar: Er im blau-weiß gestreiften Sommerhemd, mit dunkelblonden Locken. *Not too bad*, dachte Philipp, nur den Schnurrbart musste er nachher noch abrasieren. Direkt hinter seinem Namen stand *International Monetary Fund* geschrieben. Der Franzose, Vertreter der EU-Kommission, war klein und beinahe glatzköpfig, dem Abgesandten des Europäischen Parlaments, einem dicklichen Griechen, sprossen dafür die Brusthaare aus dem viel zu weit offenstehenden Hemd. Dass es ausgerechnet ein Grieche sein musste. Mit denen hatte doch die ganze Schuldenkrise angefangen. Woher nahm das Blatt nur diese schrecklich unseriösen Bilder? Damit war ihre Autorität untergraben, bevor es überhaupt richtig losging.

No, No, No, das Handy klingelte schon wieder.

„Heeeey, ich bin's noch einmal. Sind die anderen eigentlich unterwegs? François und äh, wie heißt der zweite, der immer zu spät kommt?"

„Akropolis."

„Genau, Akropolis. Okay, dann ist ja alles gut. Lateers", sagte Franzi und legte wieder auf.

Philipp musste laut lachen und begann den Klingelton des Films „James Bond jagt Dr. No" herunterzuladen, der Franzi, die meist erst einmal zu allem Nein sagte, ihren Spitznamen verpasst hatte. Alasdair rauschte mit seinem Luxusschlitten an stillgelegten Fabriken, armseligen Siedlungen und *trailer parks* am Rande Londons vorbei. Rein in die Stadt, die Großbritannien längst an internationale Finanzhaie und Superreiche verloren hatte. Wie sollte man England bloß wieder auf die Beine helfen? War das Ganze nicht vielleicht doch eine Nummer zu groß für ihn? Philipp liebte ja *Restructuring*. Aber eigentlich nur bei Banken. Dort wurden Leute entlassen, die mindestens ein paar Hunderttausende auf ihren Konten bunkerten und sowieso schnell einen neuen Job finden würden. Oder einfach wie Alasdair eine kleine, aber feine Taxifirma mit fünf Porsches von ihrem *Townhouse* aus in Notting Hill gründeten. Aber ein Land mit etwa 64 Millionen Einwohnern in Schuss bringen? Und dafür dem Arbeiter den letzten Pence wegnehmen? Der hart schuftenden Krankenschwester den Wochenenddienst besteuern?

Philipp fühlte sich jetzt schon unwohl dabei, und sein Magen begann beim Gedanken daran wieder zu grummeln. Ach was, was sein muss, muss sein. Er würde den Armen ihren Flachbildfernseher wegnehmen und sie zum Joggen schicken, ihr Leben verlängern, die britischen Gesundheitsausgaben drastisch reduzieren und dafür einen Orden bekommen. Oder einen in die Fresse kriegen. Könnte auch passieren. In seinem alten Job war er der absolute Held gewesen, sein Neuer, so geehrt sich Philipp auch fühlte, könnte sich als Himmelfahrtskommando entpuppen. Verdammte Familie, dachte er, und kratzte sich lustvoll unter seinem Siegelring. Wie so oft in letzter Zeit hätte er seinem geliebten Großvater diesen Ballast aus Gold und Lapislazuli gerne vor die Füße geworfen.

Die Million, die Philipp ihm in höchster Not geliehen hatte, um sein Unternehmen vor der Insolvenz zu bewahren, war futsch. Ganz sicher. Der Alte hatte das Gefühl fürs Geschäft verloren. Da konnte er noch so viele beschönigende Emails über den Fortschritt der Sanierung der Ökoinvest AG schreiben. Die Zeit mit Ökoenergie Geld zu verdienen war *over, old man*.

Dabei hatte Philipp sein Leben doch genießen wollen! Nach dem letzten fetten Bonus. Schluss machen mit diesem Hundeleben in der Bank und sich einen Job als führender Beamter eines Ministeriums suchen. Mit kleinem Gehalt, aber viel Ehre. Genauso wie sein legendärer Urahn Fortuné, der vor gut 250 Jahren die Tradition, praktisch unentgeltlich für den Staat zu arbeiten, begründete. Und prompt als Schatzmeister des unglücklichen Ludwig XVI. guillotiniert wurde. Die Guillotine war es bei ihm zwar nicht, aber auch durch den finanziellen Verlust fühlte sich Philipp um einen Kopf kürzer gemacht. Im vergangenen Jahr hatte er von der Substanz gelebt. Und die war mittlerweile so löchrig wie sein erster durchgerosteter Oldtimer, wie er schockiert feststellte, als er seinen Kontostand mit dem Handy kontrollierte. Die letzte Kreditkartenrechnung nahte, die er Stand jetzt fast nicht bezahlen konnte. Mit jedem dort aufgelisteten Posten verband Philipp schöne Erinnerungen. Traumselige Abende mit seinen besten Freunden in seiner geliebten Salumeria, literweise teurem, aber köstlichem italienischem Wein und Trüffelnudeln. Aber auch kostspielige Gin & Tonics in ledernen Business-Class-Sitzen, auf denen er zu Partys um die Welt gejettet war.

Bald kam der erste Scheck seines neuen Arbeitgebers, des Währungsfonds. Was für ein perfektes Timing. Die Pauken setzten ein. Jetzt die Trompeten. Auf die Sekunde genau. Die John-Eliot-Gardiner-Version des Weihnachtsoratoriums mit den Berliner Philharmonikern hörte sich fantastisch an, stellte Philipp wieder einmal fest, drehte die Lautstärke an seinem iPhone auf und träumte von Heiligabend, den er wie immer mit seinen Eltern auf dem Schloss seines Onkels verbringen würde. Mit seinen Cousins und seiner 99 Jahre alten, braun verbrannten Oma mit dem schlohweißen Haar, seit jeher von allen nur liebevoll „Negerle" genannt.

„Was machen Sie eigentlich in London, Sir?", fragte Alasdair und holte Philipp aus seinen Tagträumen.

„Ich bin zum Arbeiten hier", sagte Philipp knapp, um das noch nicht wirklich begonnene Gespräch sofort zu beenden. Er schämte sich, dass Alasdair nun Arschlöcher wie ihn durch die Gegend fahren musste. Nur keine Nähe aufbauen, dachte er und vertiefte sich wieder raschelnd in die Lektüre der Zeitungen. Die reichten ihm schon, die sprachen ja Bände, und zwar *unisono*, so unterschiedlich sie auch ausgerichtet waren. Am schlimmsten für die Briten, und zwar für Labour und Tories gleichermaßen, musste sein, das Land nun in die Hände von Ausländern zu geben. Jahrhunderte lang hatten sie ihre Insel gegen Angreifer verteidigt, und nun waren sie gezwungen, eine fremde Macht ins Land zu lassen. Einen „Frog", einen „Kraut" und einen... für die Griechen kannte Philipp keinen englischen Stereotyp. Bis ihm etwas Besseres einfiel, wollte er sie „Zazikis" nennen.

Der Stadtverkehr kam Philipp wesentlich aggressiver als früher vor. Sie rasten vorbei an weihnachtlich geschmückten Häusern mit St. Nicolas Figuren in den Fenstern, an dem mit 12.000 Glühbirnen beleuchteten Harrods, kitschigen Schaufenstern in Kensington und unter einem aus einer bunten Lichterkette gefertigten gigantischen Schlitten hindurch, der über die Regent Street gespannt war. *One-Billion-Horsepower-Sleigh* las Philipp darunter. Eine Werbung des *Mayor of London*, der versprach, dass der Weihnachtsmann die Geschenke dieses Jahr noch schneller als sonst bringen würde. Na also, das war die richtige Haltung für ein ehemaliges Weltreich, ein Rennschlitten mit so viel Pferdestärken. Diese Attitüde würde helfen, Großbritannien wieder zur alten Blüte zu bringen.

Als allererste inoffizielle Maßnahme teilte Philipp Alasdair jedenfalls mit, ihn als seinen Fahrer während seines Aufenthaltes in London zu engagieren. Dabei drückte er das Kreuz durch und versuchte, feierlich zu gucken. Und redete sich ein, dass dies nichts, aber rein gar nichts mit Alasdairs Entlassung zu tun hatte. Damit würde Philipp nur einen engagierten Kleinunternehmer unterstützen und zudem bequem von Termin zu Termin chauffiert werden. Eine klassische *Win-Win* Situation. Ein wenig zu schnell bog Alasdair auf den St James's Square ein und hielt vor dem Club, dessen hell angestrahlte Fassade mit den Säulen in der verschneiten Umgebung noch weißer leuchtete als sonst. Philipp stieg aus dem Wagen in die Kälte hinaus, *Rule Britannia* summend. Seine Selbstsicherheit kehrte zurück. Und die seines geliebten Königreichs hoffentlich bald auch.

2

Sakradie. Philipp konnte seine roten Socken nicht finden. Sein Koffer lag fast zur Hälfte ausgepackt auf seinem Bett und meist blitzten sie dann schon darin hervor. Smoking und rote Socken gehörten für ihn zusammen wie Romeo und Julia oder Julia Roberts und Richard Gere. Wen gab es noch? Bill Clinton und Monica Lewinski. *Sock it, Baby.* Philipp nahm den Flachmann aus seinem Anzug und tröpfelte sich den Rest des Tees in den Mund. Dabei hatte er seiner Haushälterin an ihrem ersten Arbeitstag alles erklärt. Als erstes sollte Ivana, die er vor seiner Abreise mit einer angesichts seiner finanziellen Lage viel zu großzügigen Summe (Philipp, du Idiot!) in den Urlaub geschickt hatte, die Socken, Shorts und Unterhemden et cetera in den Koffer legen. Am Ende sollte sie sich ihn nackt vorstellen, um ihn Stück für Stück wieder anzuziehen. Eine unfehlbare Methode, wie er fand, um festzustellen, dass nichts fehlte.

„Ich nicht so eine Frau", hatte sie gesagt und Philipp war ernsthaft irritiert gewesen. Ivanas Figur glich einer Frau aus einem Rubens-Gemälde, sie hatte sanfte Mädchenaugen und eine Denkerstirn.

„Äh, äh, natürlich nicht."

„Gudd...Säähr, säähr gudd!"

Mit dieser Konservation war ein für alle Mal geklärt, wer das Sagen hatte. Und da die Raumkosmetikerin, wie man sie vor nicht allzu langer Zeit noch schamhaft genannt hätte, wie Philipp den rechten Winkel liebte und Wollmäuse unter dem Bett als persönliche

Beleidigung empfand, hatte er auch nichts dagegen gehabt, dass Ivana in seinem Haushalt ein Regiment errichtete, das militärischen Ansprüchen genügte.

Was war nur in sie gefahren? Sie kannte ihn doch, sie wusste doch, worauf er Wert legte. Kopfschüttelnd wühlte er sich zu den Socken durch. Hellblaue, grüne, gepunktete, alle waren da. Nur die roten nicht. Was nun? Sollte er schnell welche kaufen gehen? *Not a chance*, es war Sonntagnachmittag und alle Läden in der Jermyn Street waren schon geschlossen. Also wirklich, wie stellten sich die Engländer eigentlich vor, Geld zu verdienen? Auch sein Herrenausstatter, bei dem er die roten Socken zu kaufen pflegte, wollte wohl lieber seinen *five o'clock tea* genießen.

„Die spinnen, die Briten", fluchte Philipp leise, obwohl er eigentlich ein Fan des britischen *way of life* war, solange ihm dessen Starrsinn nicht in die Quere kam. Er war Mitglied einer deutsch-englischen Gesellschaft, hatte in St Andrews zusammen mit dem künftigen König von England studiert und verkehrte seit zehn Jahren in dem vielleicht fünfbesten Londoner Gentlemen Club, dessen kürzlich abgebuchter horrender Jahresbeitrag seinen Dispokredit ans Limit geführt hatte. Philipp war auch unter den Überlebenden des berüchtigten *Blackballings* gewesen, bei dem in geheimer Abstimmung die Mitglieder des Clubs in eine Urne schwarze und weiße Kügelchen werfen. Ein einziges Schwarzes hätte genügt, und er wäre durchgefallen. Die meisten seiner Clubkollegen, alte Herren mit silbernen Spazierstöcken und Hut, waren Briten und konnten sich an den Blitz, wie er heute noch in Großbritannien genannt wurde, leibhaftig erinnern. Und doch hegten sie keinen Groll gegen ihn, den Bilderbuchdeutschen. Es war herzergreifend.

Heute ginge die ganze Sache vielleicht anders aus, dachte Philipp, als er seinen Alu-Koffer durchsuchte und in einem Seitenfach nur noch ein einzelnes Kondom fand. Leider die falsche Socke. Aber vielleicht konnte er sie später noch gebrauchen, man wusste ja nie. Überhaupt: Ob zu dem Dinner attraktive Frauen kamen? *You never know.* Philipp musste sich unbedingt entspannen. Denn die fehlenden roten Socken waren nicht der Grund, warum er so latent nervös war. Wieso war er auf einmal so ein Sensibelchen? Seine Vorfahren hätten schon mit Silberbesteck gegessen, als die meisten Menschen noch mit den Händen Nahrung zu sich nahmen. Auch eine Weisheit seines Großvaters, bevor er zum grünen Kapitalismuskritiker mutierte.

Wie Zeiten sich ändern. „*Tomorrow, the United Kingdom becomes a colony*", postete sein Kumpel Prince Louis gerade auf Twitter, welcher das Medium gerne für politische Kommentare nutzte. Ziemlich modern, im Gegensatz zu seinem Vater, der noch *old school* mit handgeschriebenen Briefen an die Regierung versuchte, Einfluss zu nehmen. Nachdem Philipp Facebook, Twitter und Instagram gecheckt hatte, schaltete er den Fernseher an, um Nachrichten zu schauen. Wie peinlich wäre es, wenn ihm später beim Dinner ein Lapsus geschah. Was, Sie haben noch nicht gehört, dass...? *Oh my goodness.* Das durfte nicht passieren. Im Fernseher zeigte die BBC Bilder von vermummten Gestalten, die sich von einem Hochhaus abseilten. Aber wieso in schwarz-weiß? Philipp stand auf und schlug auf den Fernseher, ein Riesenkasten, der über fünfzehn Jahre alt sein musste. Jetzt ging er wieder, live und in Farbe: Nein, nicht zu fassen, jetzt hatten die Chaoten *The Egg* gekapert. *People united against the Troika!* stand auf dem Banner, das sie um das Hochhaus im Zentrum der Stadt gewickelt hatten. Die Nachrichtensprecherin mit ihren für diesen Job viel zu großen Brüsten und mit ihrem *poshen* Akzent fand Philipp dagegen sehr attraktiv. Mit einem dramatischen Blick, der ihn gleich noch mehr anmachte, zeigte sie auf Schaubildern, wie schlimm es um ihr *beloved kingdom* stand. Die Arbeitslosigkeit lag bei über 27 Prozent, das Wachstum war negativ, eine wettbewerbsfähige Industrie nicht vorhanden, zählte Sophie die Schwierigkeiten auf. Als sie die Troika erwähnte, zog sie erst ihre linke Augenbraue, ihre rechte und dann beide zusammen zweimal hintereinander hoch.

Knock, knock. Ja, ja, ich komme ja schon, sagte Philipp und öffnete die Tür. *Early James*, Sohn von *Old James* und ihm wie aus dem Gesicht geschnitten, reichte ihm das bestellte Glas Tee, guckte ihn wirr an und ging ohne ein Wort zu sagen oder wie sonst auf Trinkgeld zu warten. Philipp war sprachlos. Kein *How do you do, Sir,* kein *Nice to see you again, Sir.* Okay, vielleicht hatte er auch nur einen schlechten Tag. Mit Philipp hatte dies sicherlich nichts zu tun. Abgesehen davon, brauchte sich *Early James* nicht zu fürchten. Diener brauchte ein britisches Königreich immer.

Genauso wie Darjeeling-Tee, er schmeckte köstlich. Philipp stand am Fenster, blickte über den verschneiten St James's Square Garden, strich sich liebevoll durchs Gesicht und verflixt, er hatte ja noch seinen

Schnurrbart. Er konnte doch später nicht mit diesem Pornobalken auftauchen. Philipp war sowieso gespannt, wie die Leute auf einen Jungspund wie ihn als Troika-Mitglied reagierten. Ein Experte für Staatsanleihen einer Bank, die jahrelang den europäischen Staaten das Geld aus den Rippen geleiert hatte, sollte nun *UK* zum Sparen zwingen! Immerhin, niemand kannte sich besser mit Staatsschulden aus als er. Darüber hinaus wusste er nun auch seit einiger Zeit persönlich, wie man mit wenig Geld umging und dennoch den Glanz der guten alten Zeit bewahrte. Wenn er nicht gerade essen ging, ernährte er sich nur von Schinkennudeln mit Parmesan und Wassermelonen, damit er bei seiner Garderobe und beim Feiern und Urlaubmachen nicht geizen musste. Was Franzi wohl zu diesem liederlichen Doppelleben sagen würde? Sie, als ehemalige Katholikin, hielt es wohl eher mit den arbeitswütigen Protestanten, denen Max Weber einst die Entstehung des Kapitalismus untergejubelt hatte. Sie würde für schiere Luxusbedürfnisse garantiert keine Schulden machen. Und er wurde prompt ein bisschen sentimental bei der Erinnerung, wie ernsthaft und pflichtbewusst sie ihm jeden Cent zurückzahlte, den sie sich bei ihm – am Schulkiosk vor ihm wartend – für den einen oder anderen, ihr von ihren Eltern eigentlich verbotenen Softdrink geborgt hatte.

„Die Institutionen haben sich bewusst gegen einen Politiker oder Beamten entschieden", hatte sie vor Wochen versucht, ihn zu überzeugen. Sie wollten einen erfahrenen, finanziell unabhängigen Mann aus der Privatwirtschaft. Der erste Bericht der Troika über Griechenland sei damals nur so gut ausgefallen, weil von ganz oben Druck gemacht worden sei. „Das muss um jeden Preis verhindert werden", sagte Franziska. Benötigt würde ein Fachmann, der sich nur von Zahlen leiten ließe.

„Mitleid ist hier fehl am Platz", fügte sie hinzu.

„Das ist mir recht, ich liebe Zahlen und Fakten."

„Na, dann."

„Zahlen lügen nicht, man muss nur genau hinschauen."

Dass Philipp Großbritannien noch mehr liebte, und deswegen vielleicht doch nicht so kaltschnäuzig und unabhängig war, wie es schien, band er ihr nicht auf die Nase. Auch dass er mittlerweile fast so bankrott war wie *Broke Britain* und somit theoretisch erpressbar, verschwieg er seiner alten Schulfreundin. Ein Vorfahre habe schon vor langer Zeit als Schatzmeister für den französischen König gearbeitet, erklärte Philipp knapp und unterließ es, Franzi dessen unrühmliches und vielleicht nicht einmal heroisches Ende mitzuteilen. Er wolle das genauso machen, ohne Wenn und Aber.

„Das ist mir ziemlich schnurzegal", hatte Franzi nur gesagt, die Philipps Traditionsversessenheit öfter über sich ergehen lassen musste, und dann war die Sache geritzt. Auf die Zustimmung des deutschen Chefs des IWF, eines ehemaligen deutschen Finanzministers, konnte man sich auch verlassen.

Auf Franzis unermüdlichen Fleiß auch. Ihr Name tauchte bereits zum zweiten Mal in Rot auf seiner Anrufliste seines Mobiltelefons auf. Was sie nur von ihm wollte? Wenn sie ihren Job als Troika-Koordinatorin mit Bravour meisterte, hatte man ihr einen herausragenden Posten in der EU-Kommission versprochen. So einer hätte ihm auch behagt. Franzis Sehnsucht war allerdings, Bürgermeisterin zu werden, um ihre Idee von einer gerechten und grünen Stadt zu verwirklichen, hatte sie ihm schon vor Jahren erzählt. Gleich würde er sie auf ihrem Fairphone zurückrufen, einem ökologisch und ethisch korrekt hergestellten Handy, das sie bei jeder Gelegenheit stolz herumreichte.

Doch erst einmal wollte er es sich gemütlich machen. Philipp stellte den Ohrensessel direkt vor den Kamin. Das lodernde Feuer erinnerte ihn an vorweihnachtliche Abende zuhause und rührte an seinen Gefühlen. Das Chatprogramm *Whatsapp* zeigte ihm eine Nachricht von einem ihm unbekannten Teilnehmer an.

Manchmal hatte er Lust, seine Gerätschaften ins Feuer zu werfen, so ein Kamin in der Nähe war dafür nicht ungeeignet! Dann bleckten ihm jedoch aus der Dunkelheit Wilhelm Mbutus blendend weiße Zähne entgegen. Ein schöner Schnappschuss. *Nice*, dann hatte der Kleine sein Geburtstagsgeschenk, Philipp altes iPhone, also erhalten. Seit einigen Jahren war Philipp Pate des mittlerweile zwölf Jahre alten schwarzen Jungen aus Namibia, der ehemaligen deutschen Kolonie. Er perfektionierte im Auftrag Wilhelms *Germany-loving-mother* nicht nur dessen Deutsch via Skype, sondern brachte ihm auch noch Bayerisch bei. Eigentlich hatte Philipp damit gerechnet, nie wieder etwas von ihm zu hören, außer den vorformulierten Briefen der Hilfsorganisation. 50 Euro kostete ihn die Liebe zu Wilhelm Mbutu im Monat. Ein lächerlicher Betrag, ein echter Bruder hätte ihn mehr gekostet. Außerdem: Echte Liebe war sowieso unbezahlbar.

„Ozapft is, Philipp", las er nun. Mehr nicht. Auch gut. Philipp würde Wilhelm Mbutu später antworten. Erst einmal musste er Franzi zurückrufen.

„Hey, was ist denn los, Franzi?"

„Ha-loolooo Phii....lip."

„Ich versteh dich nicht, rede doch mal deutlich."

„Schschsch."

„What?"

Philipps Schnurrbart fing auf einmal furchtbar an zu jucken.

„Ha-ha-hast du-du es schooon gehöhöhört?"

„Was, Franzi, was?"

„Krrr...me-ga-wii-chtig...sch...krr!"

„Ich versteh dich wirklich nicht, Franzi, wir sehen uns doch eh gleich, also dann Tschüss."

Durch die alten Fenster seiner Suite zog es wie Hechtsuppe aus der Antarktis. Philipp fröstelte, als er sich zum Duschen auszog. Er betrachtete sich für ein paar Sekunden im Spiegel. Seine Zahnlücke bereitete ihm zunehmend Sorgen. War sie etwa größer geworden in letzter Zeit? Philipp hatte festgestellt, dass die meisten Frauen die Lücke zwischen seinen Schneidezähnen unglaublich süß fanden, und so konnte er sich damit sehr gut arrangieren: Sex für eine Zahnlücke war ein guter Ausgleich. Auch mit seinem einigermaßen trainierten Körper war er bis auf den leichten Bauchansatz und die größer werdenden Geheimratsecken zufrieden. Philipp trieb gerne Sport, vor allem Tennis.

Da er seinen strapazierten Magen knurren hörte, beschloss er, ihn mit einer kleinen angelsächsischen Köstlichkeit zu belohnen. In einer Stunde musste er unten in der Lobby seine Kollegen abholen. Zum letzten Gespräch, bevor sie sich in die Schlacht warfen. Während das Nass der offensichtlich maroden Dusche zu langsam, aber dennoch wohltuend auf seinen Körper tröpfelte, überlegte er, was er gleich zu Essen bestellen sollte. Was Franzi bloß wollte?

3

Philipp wartete in der Lobby auf Franzi und die Troikaner. Linkerhand im Erdgeschoss des Clubs befand sich der große Speisesaal. Rechts davon ein Trakt, in den auch Frauen durften und der zum Balkon des *Ladies' Drawing Room* führte, auf dem angeblich dem britischen Volk der Sieg von Waterloo verkündet worden war. Höflich nickte er jedem Ankömmling zu, begrüßte gute Bekannte mit einem *Long time no see*, grübelte wieder einmal erfolglos, was ihm – außer seinen roten Socken – bloß fehlte und hielt nach Giorgia Ausschau. Sie hatte dunkelblonde Locken, Brüste in Orangenform, *a gentleman's handful*, und ein unfassbar bezauberndes Lächeln. Ihr einziges Hobby war Shoppen, ihr Lieblingssatz *Let's go cashmere*. Sie wollte sich in London mit akademischen Gelegenheitsjobs durchschlagen, bis sich ihr Traum von einer Modelkarriere endlich erfüllte. Philipp kannte sie noch von der Uni. Als er sie später in seinem Club an der Rezeption wiedersah, landeten sie sofort im Bett. Hatte sie schon Feierabend? Halb hinter einer Marmorsäule stehend, bemerkte Philipp, auf seinem Handy surfend, dass Wilhelm Mbutu bei Whatsapp online war.

„Hey little brother, wie geht's dir?", schrieb Philipp.

„Guad. Habe gestern beim Fußballspielen ein Tor geschossen. Und das Handy ist toll."

„Dann lass es dir nicht klauen."

„Mach ich. Sitze gerade auf dem Klo."

„*Sauba*. Und was macht das Haus? Kommt ihr voran?", schrieb Philipp, der – damals noch ein reicher Mann – der Mutter seines Patensohns das Startkapital für ein bescheidenes Eigenheim geliehen hatte. Er wollte, dass Wilhelm Mbutu in einer sicheren Gegend aufwuchs, einen guten Schulabschluss vorzeigen und sich dann frei entscheiden konnte, wie er sein weiteres Leben gestaltete.

„Es war fast fertig", schrieb Wilhelm Mbutu nach ein paar Minuten, eine halbe Ewigkeit in Chat-Programmen, und setzte in der Folge zwei weitere Sätze ab, die Philipps Geduld strapazierten:

„Aber der depperte Regen hat fast alles wieder zerstört."

„Und das Geld geht langsam aus, sagt Mama."

„Ich werde sehen, was ich tun kann", schrieb Philipp.

„Danke, du bist der Beste", antwortete Wilhelm Mbutu und sendete ein küssendes Smiley hinterher.

Damn it, gerade jetzt braucht der Kleine so viel Kohle. Philipp würde das Geld schon auftreiben. Auf diese seinem Gewissen so wohltuende Art der Philanthropie wollte er ungern verzichten. Wenn er Großbritannien *back on track* bekommen hätte, winkte ein dicker Bonus des Währungsfonds, der ihn erstmal wieder sanierte. Vielleicht konnte er einen Vorschuss bekommen. Insgeheim hoffte Philipp auch auf einen Ritterschlag – ehrenhalber – durch die Queen für seine garantiert großartigen Verdienste um das Königreich, aber den konnte er ja nur indirekt zu Geld machen, wenn überhaupt. Oh Mann, was hatte sein Club die Preise erhöht, stöhnte er, als er die Speisekarte vor dem Eingang zum *Dining Room* studierte. Auf einmal wusste er, auf was er Lust hatte. Ein Gurkensandwich. *Absolutely delicious.* Und magenschonend. Wann kamen seine Gäste bloß? Warum bloß waren alle so grässlich unpünktlich?

„*Oh la, la. C'est très élégant*", sagte François, als er fast schüchtern und für sein Temperament ungewohnt zurückhaltend durch die schwere, dunkelbraune Tür trat und die weihnachtlich geschmückte Eingangshalle mit dem mächtigen Tannenbaum in der Mitte sah. Allenfalls 1,65 Meter groß, mit Harry-Potter-Brille, rundem Kopf, sympathischen Grübchen, Glatze, teurem, aber schlechtsitzendem, blauem Anzug, schien er Philipp der Prototyp eines Spitzenbeamten. Kein Mensch würde jedenfalls vermuten, was für eine bewegte politische Vergangenheit hinter François lag. Er hatte bei den französischen Sozialisten ideologische Schlachten geschlagen und war sogar einmal im Rennen als Kandidat für den Fraktionsvorsitz seiner Partei gewesen.

Seine taktisch geprägten Kehrtwendungen in Form von gut platzierten Zeitungsessays waren legendär, auch seine Bereitschaft, sich interviewen zu lassen und dabei kryptischste Formulierungen zu wählen, die jedes Mal nicht zu kontrollierende Waldbrände in seiner Partei entfachten. Warum er plötzlich keine Lust mehr auf die politische Karriere hatte und sich für eine Laufbahn als Staatsdiener entschied, blieb ein gut gewahrtes Geheimnis, für dessen Offenlegung Philipp nicht wirklich Interesse aufbringen konnte. Warum auch? Die Frage war eher, warum ihn durchschnittlich aussehende Menschen so derart kalt ließen und es ihn partout nicht reizte, ihnen die Maske vom Gesicht zu ziehen. Vielleicht weil er sich vor der Leere dahinter fürchtete? Vor der eigenen Durchschnittlichkeit? Oder einfach, weil er Wert auf gute Kleidung legte? Man sollte von Staatsbeamten – auch EU-Beamte schloss er ein – nicht nur gute Manieren verlangen, sondern auch einen guten Geschmack und Sinn für Passform und Qualität. Vielleicht existierten sogar diesbezügliche Schnupperkurse. Shopping in der Savile Row oder auf den Champs Elysées? Für François hätte es vermutlich sogar der Kurfürstendamm oder die Friedrichstraße getan. Es gab für jede Figur einen passenden Anzug, selbst wenn man so klein war wie er.

„Sokrates ist noch nicht hier? Das ist typisch für den alten Filou", sagte François lachend und die kleine Narbe am linken Auge, die noch vom Pariser Straßenkampf aus den sechziger Jahren herrührte, bewegte sich auf und ab wie ein Jojo.

Philipp musste ebenfalls lächeln. Der griechische Troikaner war wirklich ein Tausendsassa.

Ah, da kam er ja, der Kufenritter, trotz seiner Körperfülle mit einer natürlichen Eleganz in seinen Bewegungen. Flip, Lutz und Axel: Philipp sah es förmlich vor sich, wie der ehemalige Eiskunstläufer mit diesen Dreiersprüngen als Mickey Mouse in der *Holiday on Ice Show* übers Eis gefegt war. Die ihm auch geistig erhalten gebliebene Wendigkeit hatte sich schon bei den Vorverhandlungen für seinen Auftraggeber, das Europäische Parlament, als segensreich erwiesen. So umkreiste Sokrates noch schnell eine junge Frau, der er etwas in die Jackentasche steckte, vielleicht seine Nummer oder Visitenkarte, bevor er mit expressiven Bewegungen auf seine Kollegen zusteuerte, für welche es in der Eiskunstlaufterminologie bestimmt präzise Bezeichnungen gab.

Offenbar hatte er eine neue Kollegin von Giorgia angebaggert, sie sah aus wie ein Essex Girl. Etwas zu kompakt, mit viel zu viel Make-up und mit einem komischen Haarschnitt, der Philipp an eine Klobürste erinnerte, womit nicht nur sie, sondern inzwischen wohl halb Europa herumlief. Sie war der Typ Frau, die nach der Arbeit in zu kurzem und zu engem Minirock auf die Jagd nach Investmentbankern ging, aber erst kurz vor der Sperrstunde einen Praktikanten abbekam. Was war nur mit seinem schönen Club passiert? Selbst die Bediensteten schienen Philipp plötzlich zweiter Klasse. Sokrates anscheinend nicht.

„Hello, my continental friends, was für eine wundervolle Lady, nicht?", begrüßte er seine Kollegen.

„Wir können ja nachher noch mit ihr um die Häuser ziehen", sagte Philipp.

Sokrates nickte hocherfreut.

„Das war ein Scherz, Kollege."

Sokrates tat beleidigt und verpasste Philipp einen freundschaftlichen, aber harten *Punch* in den Bauch. Au, tat das weh. Noch immer hatte Sokrates ordentliche Muckis. Seinen dicken Eltern sei Dank, die ihn fast zwangläufig zum professionellen Armdrücken gebracht hatten, nachdem er fürs Eislaufen zu korpulent geworden war. Vielleicht würde Sokrates Kraft noch mal von Nutzen sein. Manchmal wunderte sich Philipp, wie seine unorthodoxen Kollegen es in die

Troika dieser elitären Institutionen geschafft hatten. Dagegen kam er sich normal vor, dachte er und drängte seine Gäste, ihm zu folgen. *Cucumber Sandwich I'm coming.*

Immer noch sichtlich beeindruckt, blieb François Philipp dicht auf den Fersen. Sokrates folgte leichten Schrittes, und *shit*, er hatte Franzi vergessen. Wo blieb sie bloß? *There she was*. Obwohl sie mit Akten schwer beladen war, hetzte sie in ihrem *Business-Outfit* elegant durch den Raum, die Blicke der Männer auf sich ziehend. Wie konnte sie sich in diesem engen Rock nur so grazil bewegen? Und in ihrem enganliegenden Blazer? Darunter trug sie eine rot-weiß-gestreifte Bluse. Ihre langen Haare hatte sie in einer perfekt gebauten Hinterkopfwelle gebändigt, die ihren schönen langen Nacken zeigte, eine einzige, genau abgemessene lange Strähne hing ihr – scheinbar absichtslos – ins Gesicht. Und sie brachte jemanden mit, den Philipp noch nicht erwartet hatte. Percy Miller, den Troika-Beauftragten der britischen Regierung, der wölfisch grinsend den Raum betrat. Großgewachsen, mit grauem Haar und einem jungenhaften Gesicht ausgestattet, war er eine wahrhaft imponierende Erscheinung in der Lobby und erregte nicht nur bei den mit undurchsichtigen Absichten vom Kontinent gekommenen Gästen Aufsehen.

„Du siehst aus wie Schulze und Schulze auf Geheimauftrag", sagte Franzi und gab Philipp einen Kuss auf die Wange. Eine Sekunde zu lang.

„Was macht denn der alte Mann hier?", flüsterte er ihr ins Ohr und schob sie in das Separée.

„Hat er nicht ein süßes Lächeln?", setzte Franzi leise dagegen und klappte ihre Mappe auf. „Zunächst, meine Herren, möchte ich Ihnen Percy vorstellen, der in Zukunft bei unseren Meetings dabei sein wird", sagte sie und schenkte jedem einen Hauch von einem Lächeln.

Die Herren nickten. Percy freundlich. Philipp widerwillig.

„Und hier der neueste Stand der Entwicklungen. Wir haben wenig Zeit, und es gibt viel zu besprechen. Also let's go."

„Wohin?"

„Haha, Philipp, *very funny*", sagte Franziska, zwinkerte ihm zu und rutschte hibbelig auf ihrem Podex hin und her – was weder zu ihrer staatstragenden Frisur noch zu ihrem Business-Outfit passte.

„Also, wo waren wir stehengeblieben? Die *Black Pudding Appreciation Society* will auch ihre Steuervorteile behalten", sagte sie, so ernst wie eine Sprecherin der Tagesschau, die ein Erdbeben mit 10.000 Toten vermeldete. Philipp grinste, biss in sein Gurkensandwich, nahm einen Schluck Tee und ging im Kopf noch einmal die Bestandteile seines großen Gepäcks durch, da ihn das komische Gefühl eines gravierenden, aber noch nicht benennbaren Verlusts nicht loslassen wollte. Was zum Teufel vermisste er? Warum fiel es ihm bloß nicht ein? Sokrates, der alte Plagiator, hatte das Gleiche wie Philipp bestellt, François nippte an einer Orangina *with a hint of mint,* der englischen Version des französischen Nationalgetränks. Percy trank stilles Wasser mit einem Spritzer Zitrone.

„Außerdem", sagte Franziska, „hat Labour vorgeschlagen, wertvolle Territorien in Übersee zu verkaufen und ein riesiges Ferienparadies daraus zu gestalten." Percy ließ sich weder zu einem Kommentar noch zu einer Gefühlsregung hinreißen, Philipp beobachtete ihn genau. Und dann gebe es einen Vorschlag, fuhr Franzi fort, der nicht so schnell vom Tisch zu wischen sei und ausgerechnet einen Tag vor dem Arbeitsbeginn der Troika wieder Fahrt aufgenommen habe. Dabei schaute Franzi Philipp verschwörerisch an. Süß. Er kniff die Augen zusammen und versuchte verschwörerisch zurückzugucken. Keine Ahnung, wovon sie sprach.

„In diesen Zeiten, in der alle den Gürtel enger schnallen müssen..."

Sie druckste schon wieder herum.

„Nun lass die Katze aus dem Sack", drängte Philipp. Leute, die es ständig spannend machten, gingen ihm unsäglich auf den Geist.

„...in diesen Zeiten kann es sich kein Land leisten, zig Millionen für eine kleine Gruppe – oder wenn man es genau nimmt –, wenige Personen, auszugeben, die für Großbritannien, nun ja, wie soll ich es sagen, von zweifelhaftem Wert sind, deren Preis-Leistungsverhältnis einfach nicht stimmt, präzise ausgedrückt."

„Wen meinst du, und was meinst du, *for heaven's sake*?"

„Ich rede von der Monarchie, Philipp."

„Also", sie holte tief Luft und hörte nicht auf, Philipp in die Augen zu sehen, während die referierte: Der Vorschlag die Monarchie abzuschaffen, werde ernsthaft diskutiert, er sei sogar von einem Tory-Mitglied gekommen. Die Regierung verhandele bereits mit der Opposition und werde demnächst einen Gesetzentwurf präsentieren. Jetzt nickte Percy zustimmend, in sein Pokergesicht schlich sich die mikroskopische Andeutung eines Lächelns. In den vergangenen Jahren habe sich die Stimmung gedreht, die Mehrheit der Briten sei inzwischen gegen eine konstitutionelle Monarchie und für eine Demokratie in Reinform.

„Und die Regierung erwartet, dass die Troika fest an ihrer Seite steht und sich dem Vorschlag anschließt", sagte Percy mit leiser Stimme, lehnte sich zurück, sich wieder in eine Sphinx verwandelnd.

Die Monarchie abschaffen? Philipp blieb der letzte Bissen seines Gurkensandwichs fast im Halse stecken. „Die königliche Familie spart doch schon. Die Queen hat doch auf eine ihr zustehende Zofe verzichtet", sagte er mit vollem Mund.

„Mach dich nicht lächerlich. Wusstest du, dass die Königin immer noch ihren Privatfriseur auf Reisen mitnimmt?", konterte Franzi.

Sie war nicht zu stoppen. Percy schwieg vornehm, offensichtlich wollte er ihr die Drecksarbeit überlassen, das heißt, nicht mehr und nicht weniger als die Vorbereitung zur Eliminierung der Monarchie, wie Philipp erschreckend klar wurde.

„Und den Arbeitslosen will man ihre Unterstützung kürzen. Wie soll man das denn der Öffentlichkeit verständlich machen?", fuhr Franzi fort und guckte dabei wie eine glühende Sozialdemokratin, nein, wie die lesbische Vorsitzende der Jusos. Mein Gott, wann gewöhnst du dir endlich deine blöden Vorurteile ab, ermahnte sich Philipp innerlich. Es waren Reflexe, die er allmählich ablegen sollte, zumal Franzi ja auch noch sozialkritisches Theater spielte und er ihr damit schon häufig auf den Leim gegangen war. Sie hatte die politische Mimikry gut drauf.

Aber bei ihm funktionierte diese Taktik nicht. Wer so argumentierte, verstand den Sinn einer Monarchie nicht. Eine Königin sollte ihr Reich so perfekt wie möglich repräsentieren und nicht – wenn viele Millionen Amerikaner vor dem Fernseher saßen – mit zerzaustem Haar dem Präsidenten beim Empfang vor dem Weißen Haus die Hand schütteln. Nein, eine so perfekt auftretende Queen wie sie durfte niemals auf ihren Frisör verzichten. Nie. Selbst wenn sie sich aus welchen Gründen auch immer froschgrüne Hüte und gelegentlich sogar fleckfarbige Sturmhauben überstülpen musste. Was für eine wahnwitzige Idee, die Franziska da kaltblütig lächelnd und offensichtlich mit der Billigung der britischen Regierung ins Gespräch gestreut hatte.

Nur mit Mühe widerstand er der Versuchung, sich über die Existenzberechtigung königlicher Friseure und die wechselnden Details monarchischer Kopfbedeckungen auszulassen. Sein Opa hatte einst gerne über die Perücken des Ludwig XVI. schwadroniert, wovon auch seinem Enkel einige Sätze im Gedächtnis geblieben waren. Und es gelang ihm sogar, sich seine Aufregung nicht anmerken zu lassen.

„Die Monarchie ist das Herzstück Großbritanniens", sagte er also mit Würde und großem Ernst und fügte mit leicht vibrierender Stimme hinzu: „Auch wenn die königliche Familie eine Minderheit ist im Vergleich zur überwältigenden Masse der Anhänger der reinen Demokratie. Sie ist nicht weniger schützenswert als ein Edelweiß auf dem Matterhorn, finde ich, um es poetisch auszudrücken. Oder, um in diesem Genre zu bleiben, weniger beklagenswert als der Verlust von Juchtenkäfern oder Bernsteinschnecken, derentwegen die Dresdner Umweltaktivisten den Bau der Waldschlösschenbrücke verhindern wollten. Es ging ihnen doch gar nicht um das Weltkulturerbe, das war ihnen völlig egal. Ich persönlich bin zwar froh, dass die Brücke gebaut wurde, weil ich so sehr viel schneller durch die Stadt komme, aber ..."

Verwirrt von der eigenen Redseligkeit, überließ er Sokrates das Wort, der ihm schon die ganze Zeit in die Parade hatte fahren wollen.

„Ich muss das sowieso erst mal in meinem Modell durchrechnen", wandte sein Kollege ein, dessen Traum als ehemaliger Ökonomie-Professor immer gewesen war, mehrere Wirtschaftstheorien, die er zusammengebaut hatte, auch in der Praxis zu testen. Und Großbritannien jetzt nur allzu gern als sein neoliberales Labor betrachtete.

„Wartet doch einfach ab", schaltete sich nun auch François in die Debatte ein und fuhr sich theatralisch durch sein kaum mehr vorhandenes Haar. „Vor dem Dinner können wir das eh nicht mehr entscheiden." Dass er noch heute regelmäßig auf einer Laienbühne spielte – auch wenn sich seine Teilnahme manchmal nur auf einen einzigen Satz oder Ausdrücke wie „Parbleu" oder „mon Dieu" beschränkte, wie

François offen zugab – sowie Kurse in Mimik und Gestik belegt hatte, merkte man ihm fast ein bisschen zu überdeutlich an. „Am besten ist es, wir verhalten uns diplomatisch und tun so, als wüssten wir von nichts. Einverstanden?", schlug der Franzose vor.

Alle nickten. Notgedrungen auch Philipp. Es blieben nur noch zwei Stunden bis zum Beginn des Dinners und alle mussten sich noch umziehen.

„Moment. Da wäre noch etwas. Natürlich sollte die Troika gleichfalls Maß halten. Kein Luxus, in jeglicher Art", sagte Franziska und blickte demonstrativ Philipp an, dann aber auch Sokrates, woraufhin Philipp herzhaft lachte.

„Bitte verhaltet euch entsprechend bescheiden. Ich weiß, ihr seid keine Kinder, ich sollte es euch wirklich nicht sagen müssen. Aber eure Vorgänger haben nicht nur griechischen Fusel während der Arbeit getrunken, wenn ihr wisst, was ich meine. Und sich auch ansonsten nicht zurückgehalten, was den Konsum lebensverschönernder ... wie soll ich sagen ... Genussmittel betrifft. Oh, sorry, Sokrates, war nicht so gemeint. Es gibt einen griechischen Metaxa, den schätze ich über alles. Ah, und noch was, macht euch darauf gefasst: Eure künftigen Büros, sind naja... etwas spartanisch. Na, ihr werdet sie morgen sehen", sagte Franziska und erklärte die Sitzung für beendet.

Philipp beeilte sich, in seine Suite zu kommen. Zuvor aber begleitete er Sokrates, der es sich nicht nehmen ließ, der füligen Rezeptionistin (nicht wirklich) verstohlen zuzuwinken, und François, der wieder mit offenem Mund alles und jeden anstarrte, zum Ausgang. Franzi und Percy blieben noch sitzen, was Philipp gar nicht gefiel. In seinem Zimmer angekommen, begann er sich für das Dinner umzuziehen. Er holte seine schwarzen Socken aus chinesischer Seide aus dem Koffer, streifte sie über, befestigte seine Hose mit knallroten Hosenträgern und ließ den Tag Revue passieren. Die Sache mit der Abschaffung der Monarchie war ein Hammer. Eine existenzielle Bedrohung vielmehr, eine Herausforderung. Niemals würde er seine Stimme für diesen barbarischen Akt hergeben, das zumindest wurde ihm schlagartig klar.

Zur Sicherheit wollte er sich allerdings lieber noch einmal die schon ausgearbeiteten Sparvorschläge für die Monarchie anschauen. Denn natürlich musste auch diese einen Beitrag zur Sanierung des Landes leisten. Allein schon, um ihr Überleben zu sichern. Vielleicht gab es in den Dokumenten den einen oder anderen Knackpunkt, der sich uminterpretieren ließe. Wo bloß hatte er den USB-Stick mit den Reformvorschlägen für Großbritannien nur aufbewahrt? Philipp öffnete seinen Aktenkoffer, konnte den Stick darin aber nicht finden. Er durchwühlte den Kleiderschrank, krabbelte wie ein Baby auf dem Teppichboden herum und guckte unter das Bett. *Nothing.* Er durchsuchte die Innentasche seines über den Sessel geworfenen Sakkos, und sein Zeigefinger fuhr durch ein Loch. Ha! Dies musste das Falltor gewesen sein.

Direkt zur Hölle. Wie hatte er nur so fahrlässig sein können? Er hätte viel früher auf das flaue Gefühl reagieren sollen, das ihn immer wieder beschlich. Hätte dieses verfluchte Teil anderswo aufbewahren sollen. Früher mit dem Suchen beginnen, seine Faulheit überwinden, seinen Anzug in die Schneiderei geben sollen. Warum bloß hatte es ihn nicht misstrauisch gemacht, dass ihm wildfremde Menschen immer wieder Geldmünzen in die Hand drückten, die zu seinen Füßen lagen und wohl aus seiner Tasche gefallen waren? Sogar auf dem kurzen Weg von der Flughafenhalle zu Alasdairs Luxuslimousine?

Fuck, Fuck, Fuck, fluchte Philipp und raufte sich die Haare.

4

Langsam lief Philipp den grün tapezierten Gang mit den Wappen aller assoziierten Internate entlang, aus denen der Club seine neuen Mitglieder rekrutierte. Als er um die Ecke bog, stieß er – zu sehr umwölkt von seinen sorgenvollen Gedanken – mit einem Mann zusammen. Nein, es war nicht zu fassen. Philipp hätte den alten Spielkameraden in der kargen Beleuchtung fast nicht erkannt. Mowgli! Sein Kleidungsstil war auf jeden Fall gewöhnungsbedürftig wie eh und je: Er trug einen zweireihigen Anzug mit einem Schnitt aus den achtziger Jahren, also viel zu groß. Dazu ein violettes Hemd und eine schwarzgraue Krawatte und Schuhe aus Krokoleder. Alles bestimmt sündhaft teuer, aber in Kombination ziemlich hässlich. Ansonsten sah er fantastisch aus, eigentlich wie Philipp, bloß indisch, und ohne Zahnlücke. Allerdings war er größer als er, sein Gesicht mit den hohen Wangenknochen markanter. Und dann dieses Zahnpastalächeln!

„Philippus, was für eine Freude, dich zu sehen. Wollen wir einen Whiskey trinken?", sagte Mowgli. „Ich habe allerdings nur wenig Zeit."

„Wer hat die schon?", antwortete Philipp immer noch baff.

Mowgli eigentlich immer. Er musste ja auch nicht arbeiten, der schwerreiche Sohn einer indisch-muslimischen Unternehmerdynastie. Mowglis Cousin, hatte Philipps Freund vom Bundesnachrichtendienst gemunkelt, finanzierte mit seinem Erbe heimlich den

Terror. Mowgli hingegen galt als ein Fan der westlichen Welt, vor allem Großbritanniens. Aber was machte er in Philipps Club? Ausgerechnet jetzt in den schlimmsten Stunden des Königreichs, das konnte kein Zufall sein. Was heckte er bloß aus? Schon nach den Anschlägen in der Londoner U-Bahn vor ein paar Jahren hatte er für seine muslimischen Brüder Protestmärsche organisieren wollen. Alle Menschen, die an Allah glauben, sollten in London und anderen großen Städten auf die Straße gehen und gegen die Attentäter demonstrieren. *What a brilliant idea.* Aber das britische Außenministerium war damals nicht ganz so begeistert von seinem Engagement gewesen. Es riet ihm von der Aktion ab, weil sonst das britische Volk – wenn es bemerkte, wie viele Muslime bereits in seiner Nachbarschaft wohnten – noch mehr Angst bekäme. Der arme Mowgli. Ein bisschen mehr Respekt hätte er schon verdient.

In den vergangenen Jahren hatten Philipp und Mowgli, die sich vor Ewigkeiten in den Ferien in der Schweiz kennengelernt hatten, kaum mehr etwas miteinander zu tun gehabt. Schade eigentlich. Als Kinder hatten sie Staudämme gebaut, Räuber und Gendarm gespielt, in Gebirgsbächen gebadet und miteinander gewettet, wie lange sie die Eiseskälte aushielten. Dabei war Philipp die ganze Zeit der festen Überzeugung gewesen, dass Mowgli nach dem grazilen kleinen Jungen aus Walt Disneys Zeichentrickfilm hieß, nicht der Figur aus Rudyard Kiplings „Jungle Book", das er zu diesem Zeitpunkt gar nicht kannte. An Mowgli jedenfalls schrieb er seine ersten unbeholfenen Briefe in englischer Sprache und erhielt mit prächtigen Briefmarken verzierte Antworten aus dem indischen Punjab. Später wechselten sie wenigstens noch „Holiday Greetings", wobei die von Mowgli manchmal auch aus England kamen, Postkarten mit Stechpalmengirlanden, sich küssenden Paaren unter Mistelzweigen oder Motiven von Beatrix Potter, der Kinderbuchautorin und Illustratorin, die mit Weihnachten gar nichts zu tun hatten. Dass er sich niemals den auf den Briefen bestimmt notierten Familiennamen seines Freundes eingeprägt hatte, war schon eine Schande, dachte Philipp, als er – fast wie früher, als sie Krieg spielten und in der derselben glorreichen Armee dienten – im Gleichschritt die knarzende Treppe hinunterliefen. Irgendein Name mit vierzehn Buchstaben, fünf As und drei Us war das gewesen, keine Chance, sich so ein Ungetüm wieder ins Gedächtnis zu rufen.

Egal, wenigstens leuchtete etwas inmitten der weißhaarigen Herren in ihren grauen Flanell-Anzügen: Giorgia. Vielleicht konnte er nach dem Dinner für einen *Abfucker* bei ihr vorbeischauen? Nein, das war wahrscheinlich keine gute Idee. Gleich morgen früh musste er der britischen Industrievereinigung und den Gewerkschaften die troikanischen Sparpläne präsentieren. Nüchtern, aber *not satisfied*. Davon ließ sich Philipp nicht anfechten. Im Gegenteil. Er hatte nach langer Zeit seinen Freund Mowgli getroffen, und nun strahlte ihn Giorgia an. Nein, tat sie nicht. Sie lächelte zwar, schaute aber direkt an ihm vorbei, zu..., nein, das durfte nicht wahr sein: Mowgli. Philipp packte seinen Freund am Arm und führte ihn sanft durch den schmalen Gang, an dem großen Speisesaal und dem Empfangsraum vorbei, in die Bar.

„Finger weg, Giorgia ist mein *back up*", raunte er

ihm zu. Mowgli lächelte nur. Seine Nachsicht war immer schon grenzenlos gewesen. Er hatte Philipp fast immer gewinnen lassen, mit einem sanften Tadel in den Augen, der auch jetzt darin schimmerte. Die beiden nahmen in einer Ecke der hölzernen, einem Pub nachempfunden Bar Platz und bestellten einen Whiskey und einen Gin & Tonic.

„Mowgli, mein Lieber. Wie geht's dir? Was treibt dich hierher?", fragte Philipp.

„Du weißt doch, dass ich in Großbritannien investiere."

„Ja, aber ich meine, was hat dich in meinen Club verschlagen?"

„Schau dich doch mal um, hast du Tomaten auf den Augen? Kannst du es dir nicht denken?", sagte Mowgli und machte für seine Verhältnisse eine ziemlich weitgreifende, fast pathetische Handbewegung.

Philipp ließ seine Blicke schweifen. Langsam, aber sicher dämmerte es ihm: Das Halbdunkel überall sollte in der Tat etwas verbergen. Nichts war es mehr mit bewusst vornehmer, englischer Gediegenheit. Die Gauner in Maßanzügen wollten Geld sparen, schalteten weniger Lampen an und dimmten die restlichen, mit dem angenehmen Nebeneffekt, dass man die Risse und die schmutzigen Wände, die verschlissenen Tapeten und die ramponierten Möbel nicht so wahrnahm. Plötzlich fiel dem Kassenprüfer aus Deutschland alles wie Schuppen von den Augen. Wie blöd er gewesen war, wie stumpf und unsensibel. Seine Suite war schlecht geputzt, statt der Seife von Trumper lag ein billigeres Exemplar in der Schale, die Bäder waren von anno dazumal, die Armaturen matt und verschlissen, die Wasserhähne tropften, und – er nahm vor Schreck den ersten Schluck seines Gin & Tonic – nein, das durfte nicht wahr sein. Das war kein Hendricks Gin, das war Bombay. *The Taste of the Colonies*, wie ein Pub in St Andrews geworben hatte. Den konnten sie behalten, die Inder. Er wollte seinen Hendricks Gin. Eine Gurke schwamm zwar im Glas, aber da handelte es sich wohl nur um den kläglichen Versuch des Barkeepers, mit gezinkten Karten zu spielen. Sein Freund hatte Recht mit seiner Diagnose. Alles in allem befand sich sein heißgeliebter Club in einem traurigen Zustand, dachte Philipp und griff gierig in die Schale mit Erdnüssen. Auch das Gurkensandwich vorhin war nur halb so groß wie früher gewesen. Wie so oft verschlechterte sich seine Laune proportional zu seinem Magenknurren.

„Nein, nicht nur hier im Club. Draußen. Das ganze Land ist *completely rotten*. Hast du das noch nicht gecheckt?"

„Nein, habe ich nicht."

„Wie kann einem das nicht auffallen?"

Mowgli zerstörte gerade Philipps Traumwelt mit einer Abrissbirne. Durchlöcherte die Schleier seiner sorgsam gehüteten Illusionen vielmehr, die er auch sonst in seinem Leben gern über unangenehme Tatsachen ausbreitete. Natürlich wusste er nur allzu gut, warum er hier war. Dass sich das Königreich aber in einem so schlimmen Zustand befand, würde er immer vehement abstreiten. Schon während des Studiums schmähten manche seiner Kommilitonen Schottland als Dritte-Welt-Land. Daran gab es auch wenig zu deuteln, wenn er nur an seine schäbige *Hall* dachte, die genau neben dem prächtigen Wohnheim seines Freundes Prince Louis lag. Aber hier in London? In seinem Club? Philipp interpretierte das Halbfertige, nie ganz Perfekte stets als Teil des britischen Stolzes. Engländer hatten Wichtigeres zu tun, als sich um Details zu kümmern. Tee trinken oder Cricket spielen. Oder wunderbare kleine oder große Wetten abschließen, die so skurril und unerheblich waren, dass sie ein Kontinentaleuropäer nicht in sein Hirn bekam. Das waren doch alles nur liebenswerte Schusseligkeiten einer Nation von Individualisten. Vielleicht machte ihn seine Liebe zu Großbritannien blind, zumal dort das gewöhnliche Leben, das Leben der anderen also, meist zuverlässig an ihm vorbei rauschte.

„Ja, Philipp. Du musst mal aus deiner *Bubble* raus", sagte Mowgli, als ob er Gedanken lesen könnte. „Guck's dir an. Lauf durch die Straßen, selbst in London kannst du es sehen."

Philipp wollte gerade protestieren, als Mowglis Handy vibrierte, sein Freund aufstand und sich verabschiedete.

„Tut mir leid, Philippus. Ich muss los. Lass uns die Tage noch einmal treffen, ja? Und halte die Augen auf. Dann siehst du das, was du sehen musst."

Philipp kam ein unglaublicher Verdacht. Wenn er richtiglag, würden die Hähne bald nicht mehr tropfen, das Badewasser richtig ablaufen und es auch nicht mehr durch die Fenster ziehen, sollte Mowgli den Club übernehmen. Jedenfalls nahm er sich vor, schnellstens den Clubmanager auszuhorchen. Vielleicht wusste der Genaueres über Mowglis Pläne.

Gierig schaufelte er sich noch eine Handvoll Nüsse in den Mund. Dann spazierte er in die Lobby und hinterließ eine restlos leere Schale auf dem mit Krümeln übersäten Tisch. Die angebissene Gurke ausgenommen. Mowgli hatte sich keine einzige Kalorie zugeführt. Das sah ihm ähnlich.

5

Zum Savoy zu laufen dauerte etwa zwanzig Minuten. Sollte er Alasdair anrufen und ihm ein letztes Gnadenbrot geben, bevor er ihn entließ? Lieber nicht, er musste ihm noch früh genug mitteilen, dass er das erste Opfer der Sparmaßnahmen der Troika war. Schau hin, hatte Mowgli außerdem gesagt. *Will do, will do,* murmelte Philipp, als er aus der Eingangstür des Clubs trat, vor der Treppe stehen blieb, seinen Mantelkragen hochstellte und wie ein Kapitän in die Ferne blickte: Keine armen Menschen in Sicht.

Ein wenig *real life* wäre wirklich gar nicht so schlecht. Wenn er die ach so schlimme Lage Englands und Londons hautnah erlebte, konnte er später beim Dinner wenigstens authentisch darüber berichten. Franzi wäre sicherlich stolz auf ihn und würde ihm den Verlust des USB-Sticks eher verzeihen. Unverzeihlich war auf jeden Fall, dass er seine Sakkotasche nicht hatte ausbessern lassen, warum war er in solchen Sachen nur so unbegreiflich geizig! Solange den Stick niemand fände, hätte er sowieso kein Problem. Die große Frage war deshalb: Wo hatte er das verdammte Ding nur verloren? Besser nicht darüber grübeln. Was für ein Kleid würde Franzi später tragen? Und würde sie auf ihre merkwürdige Steckfrisur verzichten? Das war doch eine viel amüsantere Überlegung.

Philipp hatte plötzlich Lust auf Sex. Und Essen. Eine seltsame Kombination. Meistens kam bei ihm das eine nach dem anderen. Er erkundigte sich beim Portier nach einem Kebab und der schickte ihn ein wenig indigniert guckend in Richtung *Piccadilly Circus*. Philipp überquerte den völlig verschneiten St James's Square, kreuzte die Jermyn Street, den Ort seiner Sehnsucht, wo man gewisse Dinge aus roter Merinowolle vorrätig hielt, schlenderte beschwingt vorbei an der Botschaft Nordkoreas, einem Auktionshaus mit *beautiful boring* Bildern von der englischen *countryside*, der Stadtvilla mit unterirdischen Tennisplatz von Kalaschnikow-Igor und schon stand er vor Café Kebab Da Bomba 3. Eingezwängt zwischen zwei neogotischen Stadthäusern. Eine Oase des schlechten Geschmacks. Bilanz seines Ausflugs so weit: Fünf Osteuropäerinnen in Pelzen, sieben zu perfekte Brüste, viele Louis Vuitton Taschen und vier Range Rover Sport und Bentleys. Minus einem Obdachlosen. Von wegen armes London.

Die Glocke an der Tür schepperte, als Philipp den Laden betrat, und er wurde angestarrt, als ob er ein Salatblatt zwischen seiner Zahnlücke hängen hatte. Wieso bloß? Seine Smokingfliege war doch perfekt gebunden, sein hellbrauner Mantel hätte ein Kamel scharfgemacht und seine frisch gewichsten Oxfords hätten einen Blinden blenden können. Der Portier hatte mit seinem Blick nicht übertrieben. Fast alle Speisen standen falsch geschrieben auf dem Menü. Fliegen schwirrten umher, eine besonders freche nagte am Fleischspieß. Wo die im Winter herkamen, er wusste es nicht. *Love it*, die schäbigsten Buden entpuppten sich meist als die besten, dachte Philipp. Dort wurde noch mit Herzblut gekocht. Er bestellte einen Döner und eine *Coke*. Ihm lief das Wasser im Munde zusammen. Sollte er später bei Giorgia vorbeischauen?

„Du kommst aus Deutscheland?", fragte der Verkäufer mit dem Salafistenbart plötzlich auf Deutsch. Seine zarten Mädchenhände hielten ein dreißig Zentimeter langes Messer und seine lammfrommen Augen leuchteten.

„Woher weißt du das?", sagte Philipp, der überall eine Verschwörung witterte.

„Dein Akzent."

Frechheit.

„Was du machen hier?"

„Ich arbeite hier", antwortete Philipp und biss mit Lust in den Döner.

„Ah, du öfters hier? Nächstes Mal gibt's frische Döner", rief ihm der Verkäufer beim Abschied hinterher.

Igitt. Philipp schmiss den Döner in den nächsten Mülleimer und steckte die Kopfhörer wieder in seine Ohren. Eine Frau im Business-Kostüm mit schwarzen Schamhaarlocken auf dem Kopf betrat nach ihm den Laden und lächelte ihn an. Wo sie wohl arbeitete? Bei einer Bank? Banker in London liebten Kebabs. Oder in einer Kanzlei? Dann gehörte sie zu den glücklichen, die noch nicht von der Sense erwischt worden waren. Hunderttausende hatten in den vergangenen Jahren ihren Job in der City verloren. Der einzige Wirtschaftszweig, der mit Geld zu tun hatte, und noch einigermaßen lief, waren Wettbüros.

Ob die Engländer auf ihren eigenen Untergang setzten? Das wäre zu komisch. Zutrauen würde er dies seinen geliebten, exzentrischen Inselbewohnern schon. Deutsche schrieben Bücher über den „Untergang des Abendlandes", und Briten wetteten auf denselben. Das war doch *charming*. Andererseits gab es neben den Amerikanern kaum ein patriotischeres Volk als die Briten. Philipp wollte es schwarz auf weiß sehen. Ein paar Straßen von hier befand sich die Wettmeile Londons. Und in der Nähe ein wunderbarer *Fish & Chips* Laden. Noch 40 Minuten bis zum Dinner. *Easy going*. Philipp setzte sich langsam wie eine alte Lokomotive in Bewegung, um mit den glatten Ledersohlen nicht auszurutschen, und erreichte beinahe tänzelnd wie Fred Astaire die Regent Street.

Aus den Kopfhörern schallte wieder das Weihnachtsoratorium. Warum kam er nie weiter als „Jauchzet, frohlocket", irgendwann kurz danach musste doch die Arie mit den „zärtlichen Trieben" kommen, die er so liebte. Langsam verstand Philipp, was Mowgli meinte. Bis auf die mondänen Häuser, in denen sich die oberen Zehntausend dieser Welt von Livrierten bedienen ließen, schien London für Philipp nahe an der Apokalypse. Der Putz rieselte von den gregorianischen Fassaden, aus der *Tube* drangen eklige Gerüche, Dutzende von Pennern saßen am Straßenrand. Überall lag Müll herum. Die Passanten rempelten sich an und wollten unbedingt ihren Willen durchsetzen, ihre Mienen wechselten in Millisekunden vom Melancholischen ins Aggressive. Wo war nur die englische Höflichkeit geblieben? Ab und zu eilten operierte, mit Juwelen behängte *Aliens* durch die Massen. Die Reichen befanden sich klar in der Unterzahl. Die Stimmung wirkte hochexplosiv. Philipp wählte vorsorglich schon einmal Alasdairs Nummer. Er musste nur noch auf die grüne Taste drücken, dann würde er mit seinem Porsche angedüst kommen und ihn aus dieser Welt retten.

Hoffentlich gab es keine *riots*. Die könnte die Troika überhaupt nicht gebrauchen. Ein Funken genügte, um London in die Luft zu jagen. Einmal nur musste eine mit Einkaufstüten beladene wasserstoffblonde Oligarchengattin aus Versehen einen Mann anrempeln, der gerade arbeitslos geworden und auf dem Weg nach Hause war, es seiner Familie zu beichten. Der seinen Chef hasste, weil er ihn wegen einer zu niedrigen Marge entlassen hatte. Und dann wurde er von so einer fleischgewordenen Rendite von der Seite angemacht. Ihr Bodyguard würde sie verteidigen. Und das Drama seinen Lauf nehmen. *Clash of money and no money, not of cultures.*

Wie sollte die Troika mit diesem Konflikt umgehen? In den vergangenen Monaten hatten die Teams von Philipp, François und Sokrates nur Zahlen in Excel-Tabellen gehämmert, gerechnet und am Ende Empfehlungen, wieder in Zahlen, ausgesprochen: 20 Prozent des Blindengelds kürzen, 80 Prozent der Subventionen streichen, Wirtschaftswachstum muss 2 Prozent steigen, sonst droht das endgültige Aus des Königreichs. An die Menschen verschwendeten sie keinen Gedanken. Nicht eine Sekunde. Warum auch? Auf Einzelschicksale darf keine Rücksicht genommen werden, hieß die Devise der Institutionen. Und Philipp würde liefern. Ein bisschen in die Köpfe der Engländer zu schauen, wäre bestimmt hilfreich. Aber wie? Sollte er wirklich versuchen, mit dem Volk ins Gespräch kommen? Sich gar vorstellen? *Hello, I am a Troikaner and I am going to fuck up your life.* Dieser verdammte Mowgli! Was erdreistete er sich, seinen alten Spielkameraden so brutal aus seiner heilen Welt zu reißen. Philipp wusste schon, warum er sich immer nur im Auto und Taxi fortbewegte. Er hatte sich immer als Realist bezeichnet, ohne die Realität zu kennen. Zeit ihr ins Auge zu schauen. Nur mit wem sollte er anfangen? Philipp suchte nach dem idealen Ziel. Keinen zotteligen Punk, aber auch keinen Tweed tragenden Tory-Wähler. Er war erzogen worden, mit CEOs und mit Bauarbeitern gleichermaßen Konversation zu betreiben. Leichtes Spiel eigentlich.

Erster Versuch. Gemütlicher Mann, freundliches Allerwelts-Gesicht, kleiner Bauch, Halbglatze, Outdoorjacke. Kleiner als Philipp. Schon mal gut.

„Hello Sir, may I..."

„Piss off!"

Okay, der *Fella* hatte es anscheinend eilig. Noch ein Versuch. Eine ältere Frau, die an eine Laterne gelehnt auf den Bus wartete. Er setzte sein charmantestes Lächeln auf und blies zum Angriff.

„Good Evening, Ma'am. Aufgrund Ihres Alters können Sie die Situation heutzutage doch sicherlich gut vergleichen mit..."

„That's absolutely...", sagte die Dame und beeilte sich, in den Bus einzusteigen, der mit lautem Gebrumme losfuhr und ihre Schimpfkanonade verschluckte.

Nein, mit richtigen Menschen in Kontakt zu kommen, gehörte nicht zu seiner Jobbeschreibung. Die großen Linien waren Philipps Ding. Vielleicht nicht Krieg oder Frieden, aber doch kriegen oder nicht kriegen. Was war nun also die beste Strategie? Was würde der Militärstratege Clausewitz tun? Vielleicht sollte er sich eine Tarnung ausdenken. Oder den Leuten etwas in die Hand geben. Politiker schenkten immer Rosen, um die Menschen zu ködern. Er musste Individuen mit einem hohen Mitteilungsbedürfnis finden, die aber nicht dem Irrenhaus entsprungen waren. Ein schwieriges Unterfangen.

Franziskas Gesicht blinkte auf seinem Handy.

„Wo bist du?", schrieb sie über Whatsapp.

„...in der City ist die Hölle los."

„*I know, I know*", tippte Philipp.

„...bin auf Recherche..."

„Auf Recherche????"

„Erzähl ich dir später", schrieb Philipp und wollte gerade sein Handy wieder in die Hosentasche stecken, als WhatsApp noch einmal blinkte. Wilhelm Mbutu schickte ihm ein Foto seines Hauses, mit Schlamm bedeckt bis hinauf ans Dach. Schrecklich. Umso wichtiger, dass er seinen Job ordentlich erledigte. Wie sollte er sonst seine afrikanische Familie versorgen? Dreißig Minuten bis zum Dinner. Einen Versuch wollte er noch wagen. Philipp drehte sich wie ein Periskop im Kreis.

„Wo wollen Sie denn hin?", fragte auf einmal ein Mann und zupfte ihn am Arm. Er hörte sich an wie die Synchronstimme von Tom Selleck, ruhig und vertrauenswürdig. Sah aber nicht so gut aus, sondern eher wie ein Bibliothekar, der seit Jahrzehnten dieselbe Kleidung trug. Abgewetzte Cordhose, einen Rollkragenpullover, eine Schiebermütze. Immerhin schaute er freundlich drein. Da war sie wieder, die englische Hilfsbereitschaft, die Philipp vermisst hatte. Sollte er ihn zum Tee mit Buttergebäck einladen? Zu einem Whiskey? Wo der Mann wohl herkam? Wo ging er hin?

„Sie stehen im Weg..."

„Ich suche Sie."

„Mich?"

„Ja, Sie."

„Warum? Sind Sie von irgendeiner Sekte?"

„Nein, nein, ich möchte die Stimmung hier einfangen."

„Was?"

„Was denken Sie über die wirtschaftliche Lage des Königreichs, mein Herr?"

„Regenschirme."

Oh nein, Philipp war doch an einen Idioten geraten.

„Wie meinen?"

„Es gibt viel zu viele Regenschirme in diesem verdammten Land", sagte der Mann und versuchte an Philipp vorbeizukommen. Der machte einen Schritt nach links und stand wieder vor ihm.

„Die vermiesen einem die ganze Stimmung. Schauen Sie sich doch um, es scheint den ganzen Tag die Sonne und wie viele von diesen Dingern können Sie zählen?"

„1, 2, 3, 4, 5, 6, 7...8"

„Genau, acht innerhalb weniger Meter. Und da soll

man nicht depressiv werden. Eine Steuer für das Mitführen eines solchen Stimmungskillers sollte man einführen", sagte der Mann, täuschte rechts an und lief dann links an Philipp vorbei.

Philipp strahlte. Das mit den Regenschirmen sollte sicherlich eine Metapher sein. Auf die Motivation kam es an, meinte der Mann wohl. *Pint* halb voll, nicht halb leer. *Alright*. Er würde nun positiver an die Sache herangehen. Aber ob alle Engländer so dachten? Er musste es herausbekommen. Noch ein Block bis zu den *Betting shops*. Philipp rannte los und betrat wenig später einen altertümlichen Laden, in dem die Wetten noch mit Kreide auf eine Tafel geschrieben wurden.

An der Wand hingen Flachbildschirme der ersten Generation, auf denen Hunderennen, Rugby, Fußball, Tennis und Golf liefen. Vor den Fernsehern saßen verkrachte Existenzen, die manisch auf die Tafeln guckten, um gerade so viel Geld zu verdienen, damit sie gleich wieder auf irgendwelchen Unsinn wetten konnten. Würde der Bruder von Prince Louis zu betrunken sein, um die Hochzeitsrede zu beenden? Die *Grandma* im unechten Pelz, den weiß-lila Haaren und dem vorstehenden Kinn in der Schlange vor ihm schien felsenfest überzeugt, dass er nüchtern bliebe. Philipp versuchte, sie durch Kopfschütteln davon abzuhalten, ihre Rente aufs Spiel zu setzen.

„I know him", raunte er ihr zu. „Not a good idea."

„He is a good boy", sagte die Oma, tätschelte seine Wangen, zeigte ihm ein Foto in der Sun und kramte ein paar Hundert Pfund aus der Tasche.

Well, good luck, wünschte Philipp, trat einen weiteren Schritt nach vorne und konnte nun alle Wetten und Quoten sehen. Welche Farbe hat der Hut der Queen in Ascot? Moment. Jahrzehntelang jubelte das Volk der Königin zu, wenn sie ihren Untertanen gütig winkte. Und dabei haben diese undankbaren Geschöpfe die ganze Zeit einen Reibach gemacht? Denen würde er eine saftige Steuer aufdrücken.

Wird die Monarchie die Troika überleben? Die Quoten waren 10:1 dagegen. Franzi hatte nicht übertrieben. Auch wenn diese Art Umfrage nicht repräsentativ war, regte Philipp das Ergebnis auf. Er konnte es kaum erwarten, an der Reihe zu sein, um seine Meinung in Form von Zahlen sprechen zu lassen. 10.000 Pfund für die Monarchie. Oder doch lieber 20.000? Er hatte schließlich einen nicht unerheblichen Einfluss auf die Entscheidung, ob die Queen überlebte, symbolisch gesprochen natürlich. Wenn das herauskäme, es wäre jedoch ein Festessen für die *Yellow Press*. Außerdem war er pleite.

„*Place your bet, Sir*", holte der indische Buchmacher Philipp aus seinen Gedanken.

„Ein Pfund gegen die Abschaffung der Monarchie", sagte Philipp und grinste zufrieden. Ein symbolisches Pfund würde niemanden aufregen. Halt. Was stand ganz unten geschrieben? Wie lange wird es die Troika in England aushalten? Gute Frage. Fast alle Wetten sahen voraus, dass Philipp, François und Sokrates vor Ablauf ihrer Zeit vom Hof gejagt würden.

„Und ein Pfund bitte, dass die Troika ihren Job bis zum Ende erfüllt."

Philipp verließ das Wettbüro und schaute auf die Uhr. Noch zwanzig Minuten bis zum Dinner. Seine Fish & Chips konnte er vergessen. Wehe, Anthony würde nichts Gutes auftischen lassen.

Mehrere Polizeiwagen rasten plötzlich mit halsbrecherischer Geschwindigkeit an Philipp vorbei. Wohin fuhren die?

„Demonstration", sagte ein Bobby, der auf einmal neben ihm stand. Seine Weste war mit lustig aussehenden Orden zugepflastert. Zwei Köpfe kleiner als Philipp, definitiv über sechzig Jahre alt, sah er aus wie Nicolas Sarkozys missratener Bruder aus den siebziger Jahren. Er trug Koteletten in Dreiecksform und Schuhe mit höheren Absätzen.

„Wogegen?"

„Alles."

„*Really? Everything?*"

„*Yes, indeed.*"

„Wohin müssen Sie denn?", fragte der Bobby, als Philipp sich in Bewegung setzte.

„Ich muss zum Savoy."

„*The Strand* komplett ist gesperrt."

„Aber ich muss doch ins Savoy."

„Das sagten Sie schon, Sir. Dann müssen Sie mitten durch die Demo..." Er kratzte sich unter der Mütze und schaute skeptisch drein.

„...wovon ich aber abraten würde. So wie Sie aussehen, werden Sie eins auf die Mütze kriegen", sagte der Bobby. „Die Stadt ist außer Rand und Band, die Feuerwehr im Einsatz, Mülltonnen brennen, der Polizeichef hat gerade Wasserwerfer geordert."

„Wie gesagt: Ich muss ins Savoy."

„Na, dann viel Spaß", sagte der Bobby, lächelte milde und überquerte fröhlich watschelnd die stark befahrende Straße, ohne auch nur nach links und rechts zu schauen.

Philipp überlegte. Vielleicht war es wirklich keine gute Idee, wie die personifizierte *Upper Class* durch die tobende Menge zu laufen, die bestimmt wieder, wie sollte es anders sein, gegen den bösen, bösen Kapitalismus, aber eigentlich nur gegen ihr persönliches Scheißleben anschrie. Was aber sollte er tun, um hier heil herauszukommen? Alasdair mit seinem Porsche konnte ihm nicht helfen. Die liebe Franzi? Auch nicht. Beim Dinner nicht erscheinen? Feige. Philipp war auf sich allein gestellt. Er fing an zu schwitzen, und sein Bauch krampfte, wie immer, wenn seine angeborene Coolness mit den realen Umständen kollidierte. Der Gedanke, in einem Pulk von Menschen gefangen zu sein, die ihn alle hassten, löste Panik bei ihm aus. Also Klappe halten, nur nicht provozieren lassen und ja nicht auffallen.

Leichter gesagt als getan allerdings, dachte Philipp, als er sich selbst begutachtete. Er trug Kleider und Schuhe im Wert von vielen Tausend Euros – so abgenagt sie in Wirklichkeit auch waren. Dazu seinen Familienring und seine goldene Uhr. Na gut, dann eben den Spieß umdrehen. Philipp rückte seine Fliege zurecht, strich seinen Mantel glatt, richtete seinen Scheitel und ließ genau eine widerspenstige Locke in seine Stirn hängen.

„Gehe jetzt in die Höhle des Löwen", schrieb er Franzi via WhatsApp und lief entschlossenen Schrittes in Richtung Strand.

6

Nur ganz langsam näherte sich Philipp der großen, breiten Straße, die mitten durch die *City of Westminister* verlief. Ganz London schien auf den Beinen. Er würde *The Strand* ein paar hundert Meter in Richtung Norden laufen und sich rechts halten. Entweder das Savoy stünde dann schon in Flammen, oder er wäre gerettet. Nach dem Dinner zu Fuß in seinen Club zurückkehren, wollte er nicht, man musste sein Schicksal nicht zweimal herausfordern. Sollte er vorsorglich schon mal ein Zimmer reservieren? Giorgia anrufen? Ein so hübsches und unschuldig drein guckendes Mädchen könnte doch auch hasserfüllten Männern, die ihr womöglich den Weg zum Hotel versperrten, den Kopf verdrehen.

Focus, Philipp, focus. Noch befand sich er nicht mal annähernd am Ziel seiner Träume. Er erinnerte sich an die zahlreich gelesenen Spionageromane aus seiner Jugend. Wie hatten es seine Helden geschafft, von einem Ort zum anderen zu kommen, ohne in der Menge aufzufallen? Von seiner *I don't give a fuck* Attitüde war er mittlerweile abgerückt. Sherlock Holmes' Devise lautete zwar *It's so overt, that it's covered*, aber darauf wollte er sich nicht verlassen. Er könnte sich jedoch ein Banner, eine Regenbogenfahne oder sonst irgendein Demo-Zubehör stibitzen und den Geläuterten spielen. Einen Konservativen vom Land, der ökologisch korrektes Gemüse anbaute, Labour wählte und nur zu Besuch in der Hauptstadt war, um seine verhasste Verwandtschaft zu besuchen und ihr gehörig die Meinung zu geigen. Gar nicht so schlecht, die

Taktik. Was aber, wenn man ihn als Troikaner identifizierte? Die *Deny till you die* Karte spielen oder alles zugeben, Mitgefühl heucheln und auf Milde hoffen? Für die Arbeit seiner Vorgänger in Griechenland war er nicht verantwortlich, und seine eigene in *UK* hatte noch nicht einmal richtig begonnen. Ob jedoch seine demonstrierenden neuen Freunde so rational dachten? *Highly doubtful.*

Philipp fühlte sich jetzt schon wie ein Besucher vom Planeten *Money* inmitten all der Menschen um ihn herum, dabei hatte er das Epizentrum des Protestes noch gar nicht erreicht. Ein paar Londoner kamen gerade vom Einkaufen und trugen ihre Sachen in gelben Plastiktüten nach Hause, auch sie schienen angespannt, wirkten aber eher, als ob sie ihr Lieblingsmüsli nicht bekommen hätten. Andere strebten mit klaren, wütenden Blicken in Richtung *Strand*, manche mit Rastalocken, manche mit Glatze, ein paar vermummt. Ein Opa im grauen Anzug, trotz Minusgraden mit Schweißperlen auf der Stirn und nicht ohne Rose im Knopfloch, schleppte sichtbar angestrengt eine große Attac-Fahne mit sich herum.

Vor einem Elektronikgeschäft blieb Philipp stehen und guckte zwischen dem Sicherheitszaun auf die eingeschalteten Ferngeräte. Auf allen Kanälen liefen Live-Bilder eines Hubschraubers, der wie ein Vogel um seine Beute kreiste. Es mussten Hunderttausende sein. Am einen Ende des abgesperrten Bereichs stand eine riesige Bühne, auf der gerade eine bekannte Rockband spielte. Ein Freund hatte für den Sänger und Gitarristen mal einen Treuhandfonds in der Karibik gegründet, um Steuern zu sparen. Und jetzt spielten sie das Lied der Antikapitalisten. Im Schnee. Endlich rieselte er. Philipp begann innerlich zu jubeln. Das würde die vor Idealismus glühenden Gemüter ein wenig abkühlen. Die Kamera schwenkte nun über die gesamte Demonstration. Gut, ein paar Bengalofeuer brannten schon, dass Savoy, für Philipp der Inbegriff der schönen, alten, bewahrenswerten Welt, aber noch nicht. Prachtvoll leuchtete das Hotel zwischen *The Strand* und Themse.

Nah und doch so fern, dachte Philipp wehmütig und schaute sich noch einmal im Schaufenster an. Das Foto in der *Sun*, dass ihn, François und Sokrates zeigte, war etwas unscharf und sein sommerlicher Dress das krasse Gegenteil seines gegenwärtigen Outfits. Es müsste schon mit dem Teufel zu gehen, wenn ihn jemand erkannte. *Bloody mustache*. Wieso hatte Philipp bloß einen Bodyguard abgelehnt? Auf fast alle seine Vorgänger wurden Anschläge verübt. Der Mercedes des Deutschen, der vor Jahren in der griechischen Tragödie eine Rolle spielte, wurde erst mit Hakenkreuzen beschmiert und ging dann in Flammen auf. Heroismus an sich war okay, vor allem, wenn man damit etwas erreichen konnte. Gedankenlosigkeit aber, die einen Kopf und Kragen kosten konnte, doch eher bescheuert.

Bis jetzt lief aber alles einigermaßen nach Plan. „Komme ein wenig später", schrieb Philipp Franzi, die seine vorherige Nachricht zwar gelesen, aber nicht darauf geantwortet hatte. Wie es ihr wohl ging? Und seinen beiden Mitstreitern? Anthony würde als Prime Minister mit seiner Entourage wahrscheinlich durch einen Geheimgang von 10 Downing Street schleichen oder mit Blaulicht vorfahren. Franzi hätte als Frau wahrscheinlich keine Schwierigkeiten durchzukommen. Sokrates dagegen würde höchstwahrscheinlich versuchen, sich im Schlepptau irgendeiner Feuer speienden, mariniertes Tofu fressenden Oxfam-Aktivistin durchs Feindesgebiet zu schlagen, nachdem er sie mit seinem griechischen Charme mehr oder minder weichgekocht hatte. Und François? Blass und quasi durchsichtig wie der Geist der Aufklärung durch die Menge gehuscht, saß er vermutlich längst in der Lobby und schlürfte – geräuschvoll, wie er es nun mal tat – seinen Orange Pekoe.

Philipp schob sich weiter durch die Massen. Mittlerweile fühlte er sich wie in einem Tross von Fußballfans, die dem Stadion entgegenströmten. Nur die Gesänge hörten sich anders an. Die Menschen skandierten Parolen, die ihm alle ziemlich naiv vorkamen, sangen die Internationale und Bella Ciao. Philipp summte die Melodie von „Stern des Südens", der Vereinshymne seines Lieblingsvereins Bayern München. Ein Mann neben ihm stimmte fröhlich mit ein, ein paar Minuten gingen sie friedlich nebeneinanderher. Bisweilen wurde er zwar neugierig angestarrt, aber noch ließ man ihn in Ruhe. Woher bekam er bloß die Utensilien, die seine Rolle als Edellinker glaubhafter aussehen ließen? In Deutschland konnte man am Rande von Demonstrationen mittlerweile Sticker, Fahnen und Transparente kaufen. Ein paar geschäftstüchtige Linke hatten erst eine Website und dann mobile Shops auf Tapeziertischen gegründet. Dem Unternehmen schlauerweise gleich einen englischen Namen verpasst, nach ganz Europa expandiert und für mehrere Millionen wieder verkauft. So einen

Laden benötigte er jetzt. „Excuse me, wo finde ich einen Red Stuff?", fragte er eine junge Frau mit Sommersprossen und Rehaugen, die sich anscheinend auf dem Weg zur Demo befand und mit ihren hübschen, für das Wetter viel zu kurzen Blümchenkleid ganz dem Beuteschema Philipps entsprach. Nur der Sticker mit „I love Black Block" auf ihrer Brust stand ihrer Liebe wohl im Weg.

„Was wollen Sie denn da?"

„Na, ich habe, wie man sieht, meine Sachen zu Hause vergessen."

Die Frau glaubte ihm kein Wort, zeigte aber unwirsch nach links.

„Fünfzig Meter, können Sie nicht verfehlen."

„Ich trage Smoking, aber mein Herz am rechten Fleck", sagte Philipp, guckte beleidigt, zog von dannen und lachte still ins sich hinein. Die dachte wohl, um links zu sein, müsse man stinken und arm sein.

Philipp liebte shoppen. Pret-à-porter oder haute couture? Voller Vorfreude und weil er fror, trippelte er mit seinen Füßen auf der Stelle. Vor dem Stand wartete, sehr zivilisiert, eine lange Schlange von Menschen. Der Shop schien wie gemacht für ihn. Vor ihm standen durchweg Leute aus der Mittelschicht, passabel angezogen, unaufgeregt, weil aus ihren wilden Jahren demonstrationserfahren. Alle deckten sich mit den neuesten Produkten ein. Klassische *early adopter*. Philipp kaufte einen Schal des FC AFA, der antifaschistischen Aktion Großbritanniens, einen Aufkleber mit *Fuck the Monarchy* und einen mit *Eat the rich* darauf gedruckt. Wie sagte Napoleon? Alle Revolutionen kommen aus dem Magen. Er erwarb einen Schokoriegel Cuba, einen mit Erdnüssen, Chavez genannt, und biss sofort gierig hinein. Chavez schmeckte etwas modrig, Cuba besser.

„Haben Sie auch paar Steine?", fragte Philipp schon im Gehen.

„Nein, aber keine Sorge, die fliegen gleich", sagte der alte Mann mit dem braunen Spitzbart und dem verbrauchten Gesicht und lächelte sehr wissend. Philipp schenkte ihm sein Anerkennungsnicken und gab ihm eine Prise „Den werden wir's schon geben" dazu. Er hatte in seinem Einkaufsrausch verdrängt, dass er sich immer noch im Feindesland aufhielt. Während er in eine dunkle, wenig bevölkerte, gepflegte Seitenstraße eilte, begann er sich umzuziehen, steckte seine Fliege in die Hosentasche und ersetzte sie mit seinem neuen Schal. Er verstrubbelte seine Haare und schaute nun aus wie Che Guevara in sexy. Die Sticker heftete Philipp an das Sakko seines Smokings.

Wohin nur sollte er mit seinem Kamelhaarmantel? Mit diesem knallbeigen Ding lud er doch förmlich Tierschutzaktivisten ein, ihn kräftig zu verhauen. Außerdem trugen fast alle anderen Menschen um ihn herum gedeckte Farben, die meisten Schwarz und Grau. Die älteren Herrschaften abgetragene Mäntel und Dufflecoats, die an französische Existenzialisten erinnerten, die jüngeren selbstgestrickte Pullover. Nur vereinzelt stachen weibliche Köpfe mit rot gefärbten Haaren heraus. Bunte Irokesen-Haarschnitte, die Philipp immer sehr phantasievoll fand, fehlten komplett. Immer mehr Linksradikale hatten die Seiten gewechselt und trugen wie auch arabische Jugendliche den als *undercut* bekannten Nazishaarschnitt. Also kurz rasierte Seiten und längeres Haupthaar. Was für eine Geschichtsvergessenheit.

Wie ein nervöser Geheimagent an seinem ersten Tag, schaute sich Philipp nach allen Seiten um, ob ihn jemand beobachtete, zog seinen Mantel aus, nahm die leere Tüte von *Red Stuff*, stopfte ihn dort hinein und versteckte sie dann hinter der kleinen Mauer eines an die Straße grenzenden Grundstücks. Alasdair könnte sie morgen einfach abholen. Das wunderbare an seiner Verkleidung war, dass er mit ein paar Handgriffen einfach in sein altes Leben als Turbo-Kapitalist, Troikaner und Gentleman zurückkehren konnte. Kleider machten eben doch Leute! Wie es der Zufall wollte, war auch er im Schnee zu seiner falschen Identität gekommen. Wenngleich andersherum, wenn Philipp die Erinnerung an seine Schullektüre nicht trog.

Irgendein Accessoire fehlte an seinem Outfit allerdings noch. Das Salz in der Steckrübensuppe des Sozialisten. Eine Fahne wäre klasse gewesen, die letzte am Stand hatte sich aber ein bekannter Rechtsanwalt aus Kensington unter den Nagel gerissen. Ob er wirklich links war oder nur so tat? Oder nur seinen anarchischen Trieben mal so richtig Zunder geben wollte? Philipp guckte sich um, auf der Suche nach einer Inspiration. Eine rote Flagge mit einer weißen Rose in einer geballten Hand lehnte verführerisch griffbereit an einer Mauer. Neben ihr aber auch ein hünenhafter, muskulöser Mann mit Mönchskranz und gutmütigem Blick. Sozialarbeiter womöglich oder ehemaliger Schwerkrimineller, der nun Jugendlichen mit schwieriger Kindheit in einem Camp zeigte, wie man andere auf die richtige Weise schlägt. Was nun? Die Fahne abkaufen ging nicht, klar. Klauen? Moralisch gesehen, befand sich Philipp in einer Notsituation, und der Zweck heilige die Mittel, sagten die *Leftis* doch immer.

Philipp musste den perfekten Moment abwa ... da war er! Zwei Brit-Punks, mit ihren Röhrenjeans wie aus einem Katalog von Vivienne Westwood entsprungen, zankten sich wie die Kesselflicker. Er verstand kein Wort. Wohl darüber, wer den ersten Stein werfen durfte oder ob man den Klassenfeind vierteilen oder doch lieber enthaupten sollte. Philipp war ganz aufgeregt. Der Besitzer seines Objekts der Begierde glotzte dem Schauspiel jedoch noch gleichgültig zu und konnte sich offensichtlich nicht entscheiden, ob er eingreifen sollte oder nicht. Irgendwann tat er es jedoch. Der Muskelprotz stellte sich zwischen die beiden Streithähne, die gerade anfingen, die Fäuste fliegen zu lassen und – schaute sie vorwurfsvoll an. Sozialdemokratische Konfliktlösung *par excellence*. Sekunden später drosch der eine Punk dem anderen eine Flasche Bier über den Kopf.

Die Chance für Philipp. Ein Blick nach links, ein Blicks nach rechts. Niemand beachtete ihn. Er griff nach der Fahne und wetzte auf und davon in die Menschenmenge, die wie ferngesteuert an dem kleinen Drama vorbei geschlurft war. „*People over profit, people over profit*", schrie Philipp übermütig und schwenkte seine günstig erworbene Fahne. Ein Schwarzer mit blond gefärbten Haaren hinter ihm stimmte mit seiner Trommel mit ein. Eine schlaksige Frau mit leicht abstehenden Ohren bewegte ihre Hüften dazu, ihr kleinerer Freund fasste ihr an den Hintern und wippte im Rhythmus mit.

If you can't beat them, join them, dachte Philipp und setzte seinen Marsch der Gerechtigkeit fort. Ab und zu skandierte er ein paar Parolen mit und versuchte sich ansonsten so gut es ging zu assimilieren. Er diskutierte über die angeblich ungerechte Verteilung von Rohstoffen und Nahrung, die Ausbeutung der dritten Welt, spielte geschickt Veganer und Vegetarier gegeneinander aus und träumte dabei von einem blutigen Ribeye-Steak mit genmanipulierten, dafür aber wunderbar knackig schmeckenden Bratkartoffeln. Dabei erwarb sich Philipp die Anerkennung seiner Mitläufer, weil er ein schier unglaubliches Faktenwissen aufweisen konnte, das er für den Moment einfach politisch umdrehte. Die Zeit verging wie im Flug. Es war unglaublich unterhaltsam.

Endlich befand er sich auf *The Strand*. Nur noch wenige Meter, und er hatte es geschafft. Wie er sich freute. Man würde ihn in der Eingangshalle des Savoy, einem Mix aus edwardianischem Stil und Art-Déco, mit einem Glas Champagner, zumindest gutem Sekt empfangen. Die anderen Gäste würden fragen, wie es ihm gehe, ob er denn gut in ihrem Land angekommen sei. Er würde antworten, na klar, Kinderspiel, die Eroberung aus der Luft habe genau eine Stunde gedauert. Die Leute würden verkrampft lachen. Was kein Wunder war. Denn Philipp würde sie schon in wenigen Stunden aufklären, was er und die anderen zwei Troikaner mit ihrem Land anstellen wollten. Noch lagen aber andere Hürden vor ihm. Innerhalb weniger Meter hatte sich die vorher doch friedliche, volksfestartige Stimmung verändert. Die netten, harmlosen Sonntagsdemonstranten, die sich für so mutig und moralisch überlegen hielten, mussten einen anderen Weg gegangen sein. In weiser Voraussicht? Die Transparente offenbarten nun die wahre, eindeutige Gesinnung der Leute um ihn herum, nicht dieses windelweiche Gelabere von gerade eben. Es wurde offen zum Kampf gegen die Bourgeoisie und den korrupten Staat aufgerufen. Einer hob ein Schild mit der Königin als Zielscheibe in die Lüfte, ein anderer ein Bild vom jüngeren Prinzen in einer SS-Uniform, ein dritter, okay, ganz witzig, ein Nacktfoto der Ehefrau von Philipps Freund, dem frisch verheirateten Duke. Philipp konnte leider keine Details erkennen, weil es nun auch noch neblig geworden war. Schade. Dieses verflixte Londoner Wetter.

Gewalt lag in der kalten Luft. Der sichtbare Atem der Menschen versprühte den Hauch des Todes, nicht mehr durch moralische Überlegenheit, sondern schnöde Pflastersteine. Um Philipp herum standen nur noch vermummte, dunkle Kapuzenpullis tragende Gestalten, eingekreist von schwer bewaffneten, wunderbar martialisch aussehenden Polizisten und mobilen Einsatztruppen. Wo waren bloß die Wasserwerfer? Würde der XK511 zum Einsatz kommen? „Jetzt geht's los", sagte ein Mann im ollen Tweedjacket plötzlich, mit dem Philipp gerade noch über die diversen Nachteile von Windstrom debattiert hatte und zog eine Gesichtsmaske auf. Aus unerfindlichen Gründen gingen die Punks, Skins, Anarchos oder der Geier weiß welche Richtungen noch, aufeinander los, sprangen mit voller Absicht auf andere drauf, schubsten sich und freuten sich wie Bolle. Reggaeton dröhnte dazu aus den riesigen Boxen. Das schien wohl eine Art traditioneller Tanz zu sein. Sollte Philipp mit *dancen*?

Zu spät. Das Vorgeplänkel war vorbei. Die ersten Steine flogen auf die Polizisten, die ihrerseits mit Gebrüll, Schutzschildern und Schlagstöcken auf die Demonstranten zurasten. Philipp versuchte, aus dem Kessel zu entkommen. Es ging nicht. Eingezwängt zwischen anderen Körpern, musste er sich erst selbst befreien, weil die Polizei die Demonstranten immer stärker einkesselte. Philipp fürchtete um sein Leben. Kalter Schweiß stand auf seiner Stirne. Die Fahne konnte er kaum mehr halten. Wenn er sie niemanden auf den Kopf hauen wollte, musste er sie schnellstens loswerden. Seine Ellbogen einsetzend, flüchtete er in einen kleinen Park mit Gebüschen und Bäumen.

„Hey, Sie sind doch einer von der...", hörte Philipp auf einmal jemand neben sich sagen.

„Was, ich? Nein, *I'm Captain Nemo*", fiel er der Stimme ins Wort und rannte panisch durch das dichte Gestrüpp, bevor er einen Schlag im Gesicht spürte, das Gleichgewicht verlor und in den Schnee fiel. „Hilfe, Hilfe, ein Anschlag, Hilfe", schrie Philipp und presste seinen Körper auf den gefrorenen Boden. Niemand hörte ihn. Flach wie Winnetou beim Anschleichen in der Prärie lag er nun auf ehemals feinsten englischen *lawn* reglos da. Er drehte den Kopf hin und her, ob er den fiesen Attentäter irgendwo entdecken konnte. Nichts zu sehen. Philipp entspannte sich wieder ein wenig. Der Kampf vor ihm ging weiter. Was für ein Spektakel. Er bekam Lust zu wetten, wollte auf die einzelnen Kämpfer setzen. Der DJ spielte griechische Sirtaki-Musik. Schade, dass der gute Sokrates das nicht hörte. Es klang gut, wie der Junge griechische Folklore mit „God Save the Queen" abmischte.

Philipp rollte sich etwas weiter weg in den Schutz einer Hecke, wo ihn die Polizeischeinwerfer nicht erreichen konnten. Er würde in seinem Versteck verharren, bis die Lage sich beruhigte. Nichts rührte sich in seiner Nähe, er hatte sich tatsächlich retten können. Wie und woran hatte der Angreifer ihn bloß erkannt? Mit so einem war wahrhaftig keine Revolution zu machen. Womit hatte man Philipp geschlagen? War es überhaupt ein Schlag? Und nicht vielmehr ein langer Ast mit Nadeln dran, der eine Blutspur hinterlassen hatte, wie er spürte, als er sich ins Gesicht fasste? Widerwillig opferte er ein handrolliertes Taschentuch und betupfte seine Wunden. Wie auch immer, feststand, jemand trachtete ihm nach seinem Leben. Philipp schaute auf sein Handy. Kein Empfang. Eigentlich wäre es am besten, sich jetzt zu verdünnisieren, während sich die anderen noch kloppten. Philipp reckte seinen Kopf nach oben, überprüfte, ob die Luft rein war und schlich mit gebückter Haltung durch den Park zu einem Zaun, der das Areal absperren sollte und zwängte sich durch eine Lücke nach draußen.

Geschafft. *He made it.* Philipp. musste nur noch den Bürgersteig geradeaus laufen, dann war er…Nein! Das durfte nicht wahr sein. Nein! Nein! Nein! Direkt vor dem Savoy standen Hunderte von Menschen, die gegen die Troika demonstrierten. Irgendein Verräter musste ihnen einen Tipp gegeben haben. Auf einem der Schilder las er „*Men in Black*", auf einem anderen konnte er sein Konterfei erkennen, mit einem „*Go Home*" darunter.

Nein, das würde er nicht. Auf keinen Fall. Niemals würde er sich den Parmaschinken vom Brot nehmen lassen, dachte Philipp und rannte los. Wie ein Marathonläufer auf den letzten Metern zog er noch einmal an, sein Ziel fest im Blick, der rote Teppich des Savoy. Er sprang über im Weg stehende Koffer, Mülleimer, kleine Kinder an den Händen ihrer gegen die Gleichmacherei der EU demonstrierenden Eltern, schob im Sprint so höflich wie möglich Omas beiseite, hechtete über die letzte Absperrung ... und legte sich so richtig auf die Schnauze, wenige Meter vor dem göttlichen Paradies.

Stille.

Philipps Kopf dröhnte, seine Knochen taten weh, wieder schmeckte er salziges Blut und ein paar Reste von Hugo Chavez in seinem Mund. Er schloss die Augen und träumte von seinem guten, alten Leben. Als er sie wieder öffnete, schaute er in das Gesicht eines himmlischen Wesens mit blonden Haaren, das ihn mit einem bezaubernden Lächeln anstrahlte. Der Engel blickte Philipp an. Sein Smoking war an den Ärmeln zerrissen, sein Gesicht schmutzig, an seinen Lippen und seiner Nase klebte gefrorenes Blut. Auf dem einen Sticker an seinem Revers stand nur noch *Monarchy*, auf dem anderen *Rich*.

Wer bist du Engel?

„*Hey, I'm Philippa!*", sagte der Engel und half ihm auf die Beine.

7

Vor dem großen, goldenen Spiegel in der Toilette des Savoys tupfte sich Philipp seine Wunde mit einem Handtuch aus *Egyptian Cotton* ab. Oh, wie er 5-Sterne-Hotels liebte, wenn er sie nicht bezahlen musste. Der Ast, mit dem er während der Demonstration wie auch immer aneinandergeraten war, hatte nur einen kleinen *Cut* auf seiner rechten Wange hinterlassen. Philipp verspürte einen gewissen Stolz auf seine Verletzung, er war schließlich gerade einem Anschlag auf sein Leben entronnen. Wenigstens fühlte er sich so, wie er in Gedanken hinzufügte. Und dazu noch hatte er die hübscheste und süßeste Frau seit langem kennengelernt: Philippa, Enkelin der Queen, die als Begleitung ihres Vaters an diesem Dinner teilnahm. Und die, nachdem sie sich Philipp kurz vorgestellt und er vielleicht ein wenig zu großspurig von seinem Ausflug in den tobenden Mob erzählt hatte, auch schon wieder verschwunden war. Wohl um sich frisch zu machen.

Abwarten und Gin trinken. Sein Magen war wieder *back in the game* und belästigte ihn seit längerer Zeit nicht mehr. Gleich würde der Abend offiziell beginnen. Abgesehen von den kleinen Macken an seinem Smoking und dem Pflaster im Gesicht sah Philipp wieder respektabel aus. Er fuhr sich durch seine Locken, verdeckte die linke Geheimratsecke mit einem Büschel Haar und ging langsam durch die verschachtelten, aber hell erleuchteten und mit schönen Antiquitäten und Gemälden ausgestatteten Gänge des Hotels. Sein rechtes Bein schmerzte, er musste sich auf seiner Flucht das Schienbein geprellt haben. Wo war er nur? Philipp hörte ein lauter werdendes Raunen, er befand sich also auf dem richtigen Weg zum *Lancaster Room*, wo der Empfang stattfand. Mit einem großen Schritt wie auf eine Bühne betrat er leicht hinkend, aber entschlossen den Ballsaal mit seiner himmelblauen Decke und dem vergoldeten Stuck, in dem Winston Churchill und Charlie Chaplin schon gespeist und sich – vielleicht – gegenseitig über ihre sporadisch auftretenden Anfälle von Melancholie getröstet hatten. Das Stimmengewirr legte sich nach und nach, als man ihn erkannte, und nahm dann wieder an Fahrt auf. Anscheinend hatte sich sein tapferer Widerstand gegen die Demonstranten herumgesprochen, und man betrachtete ihn als einen der ihren. Manche Damen der Gesellschaft schenkten ihm verstohlene, aber eindeutig bewundernde Blicke, einige Herren im Smoking und Frack, die wohl nichts zu verlieren hatten, gönnten ihm ein anerkennendes Nicken.

Auf in den Kampf also, aber nicht wie ein spanischer Torero, sondern wie ein halbwegs eingemeindeter, die britische Kultur bewundernder Gentleman vom Kontinent. Philipp nahm sich ein Glas Champagner und sondierte mit scheinbar gleichgültigem Blick die Lage. Er entdeckte einige aus den Medien bekannte Gesichter und ein paar Persönlichkeiten, die mit Foto, Lebenslauf und Kontostand in seinem *Briefing* standen. Den Duke of Surrey, dem fast halb England gehörte und den eine eventuelle Vermögensteuer viele Millionen Pfund kosten würde, und seinen Sohn, der etwas derangiert neben ihm wirkte – vielleicht lag es ja an seinen auffällig locker sitzenden

Beinkleidern oder seinen blond gefärbten Haaren – mit einer saftigen Erbschaftsteuer ebenfalls.

Philipp sah Lady Ashcroft, die mit ihrer *Charity* Geld für Afrika sammelte, mit einem schwulen, schwerreichen, dicken Popmusiker plaudern. Die Arme wollte den Menschen dort helfen, wo sie herkamen, hatte sie in einem Interview gesagt, damit sie gar nicht erst flüchten mussten, schon gar nicht ins Vereinigte Königreich. Sie musste nun um ihr Lebenswerk bangen, sollte die Troika die Steuervorteile für ihre reichen Spender abschaffen. Sir Peter Floyd haute sich gerade ungeniert eine Diabetes-Spritze in den Oberschenkel und lugte dabei seiner Gesprächspartnerin unverhohlen in den Ausschnitt. Seine PR-Abteilung stellte ihn als einen sich sozial gebenden Immobilienmagnat dar, der in seinen luxuriösen Hochhäusern Wohnungen für Sozialhilfeempfänger integrierte, diese jedoch die *poor door* nutzen ließ, eine Hintertür, die zu einem Extraaufzug führte. Dies wurde natürlich nicht in den Medien erwähnt. Auch Sir Floyd stand der Troika sicherlich mehr als skeptisch gegenüber. Vielleicht war Mowgli – außer Franzi – sein einziger wirklicher Freund heute Abend, dachte Philipp und grüßte seinen alten Spielkameraden, der sich gerade mit einer Abteilungsleiterin des British Museums unterhielt, freundlich aus der Ferne.

Vielleicht hieß ja die nächste Ausstellung in der berühmten Institution, in deren Bibliothek Karl Marx einst sein „Kapital" geschrieben hatte, „India – and the British Colonialism". In freier Anlehnung an die erfolgreiche Show „Germany – Memories of a Nation". Und Mowgli, der Schlawiner, war gerade dabei, der Museumsdame das Blaue vom Himmel zu versprechen. Rein geldlich gesehen. Schließlich musste auch Great Britain über seine Vergangenheit reden, nicht nur Deutschland. Oder nicht? Abgesehen davon, dass er nicht wirklich wusste, ob er Anthony, auf dessen Rede als *Prime Minister* alle warteten, restlos vertrauen konnte, und es mit seinen Troika-Kollegen nicht besser stand. Jeder hatte eine eigene Agenda, jeder wollte sein eigenes Süppchen kochen, auf deutsch gesagt.

Im Grunde fühlte er sich eingekesselt unter Feinden wie vorhin bei der Demonstration, obwohl hier eher Diamanten flögen statt Pflastersteine. *Keep cool*, ermahnte sich Philipp, bemüht, den Anflug von Paranoia zu unterdrücken, der plötzlich in ihm hochstieg, nur er selbst konnte sich helfen. Nur Alkohol und eine Magentablette, genauer gesagt. Er kramte einen dieser grässlichen weißen Klopper aus seiner Sakkotasche hervor und spülte ihn mit dem restlichen Schampus hinunter. Das Ziel für den heutigen Abend schien ihm klar wie irische Brennnesselbrühe: ohne Skandal aus diesem Haifischbecken herauszukommen und die Telefonnummer von Philippa zu ergattern.

„Da sind Sie ja, Philipp", hörte er auf einmal eine vertraute Stimme neben sich. George Hamilton Eddy, der deutsche Botschafter mit englischen Wurzeln, reichte ihm die Hand und stellte ihm seine Frau vor. Er war einen Kopf größer als Philipp, hatte ein von der Jagd wettergegerbtes Gesicht und trug einen Frack, eine weiße Weste und als Träger des *Royal Victorian Chain* einen seltenen, bisher nur zwölf Mal in der Geschichte des Königreichs vergebenen Orden.

Da er erst vor einigen Tagen mit vielen Kilogramm weniger aus dem Krankenhaus entlassen wurde, wirkte sein ihm viel zu groß gewordener Frack ein wenig wie der eines Clowns.

„Ich habe schon von Ihrem Abenteuer gehört."

„Ach, das war doch nichts", sagte Philipp.

„Womit wurden Sie denn gezüchtigt?", fragte der Botschafter, als er das Pflaster in Philipps Gesicht erblickte.

„Mit einem Ast."

„Sind Sie sicher, dass sie nicht einfach gegen einen Baum gerannt sind?", sagte Hamilton Eddy schmunzelnd und führte ihn durch den Saal, „sprich, Sie die Natur bestraft hat?"

Sehr witzig, *Mister Ambassador*. Gleich morgen würde er nach einem Bodyguard fragen. Sokrates brauchte sicherlich keinen. Er stand mit François, der unverdrossen seinen blauen Anzug von vorhin trug, in der Nähe eines Podests mit einer Art Werbewand mit vielen kleinen *Union Jacks* dahinter. Der griechische Troikaner sah mit seinen Muskelbergen unter dem Smoking wie ein *Wrestler* aus, der sich den Kampfnamen Gentleman gegeben hatte. Wo war Franzi nur? Und wo steckte Philippa? In dieser Sekunde schlug Anthony, seit drei Jahren Prime Minister Ihrer Majestät, an sein Kristallglas. Bling, bling, bling. Philipp nickte seinen Kollegen deshalb nur zu, schnappte sich in letzter Sekunde ein weiteres Glas Champagner und drehte sich um, weil ihn der sympathisch frische Duft einer Frau gestreift hatte. Philippa! Sie musste in seiner unmittelbaren Nähe an ihm vorbeigegangen sein und stand nun kaum zwei Meter entfernt von ihm in der Menge, neben ihrem Vater, dem Herzog.

Nein, er täuschte sich nicht. Sie strahlte ihn nicht nur an, sondern zwinkerte ihm sogar zu. Endlich konnte er sie genauer betrachten. Das rote bodenlange Kleid mit dem tiefen, gerade noch angemessenen Ausschnitt, stammte bestimmt von Alexander McQueen. Sie musste also eindeutig nicht sparen. Auch ansonsten wies an ihr nichts auf Geiz hin. Ihr gelocktes blondes Haar, ihre vielen, wohl von der dänischen Mutter vererbten Sommersprossen, der wundervolle Schwung ihrer kindlich gebliebenen Oberlippe. Gut, das naive Lächeln versprach ein etwas schlichtes Gemüt, aber auch Unterhaltung. Wie sich wohl ihr Lachen anhörte? Wahrscheinlich laut und ansteckend. Und, was ihn vollends entzückte: Als sie ihren Mund öffnete, entdeckte er eine klitzekleine Zahnlücke. *Gorgeous.* Das war kaum zu übertreffen.

Philipp konnte sich kaum auf Anthonys Rede, den *King of Pleasantry,* konzentrieren. Als er seinen Namen hörte, lächelte er in die Runde und begann hemmungslos von ihm und Philippa im Bikini auf einem Segelboot in der Karibik zu träumen. Währenddessen sagte Anthony in pathetischen Worten der Troika die volle Unterstützung der britischen Regierung zu und zählte auf, was er und seine Minister schon alles getan hatten, um die Misere zu verhindern. Unbeabsichtigt legte er dabei aber auch offen, dass dies anscheinend nicht genug gewesen war.

„Wenn jeder hier im Raum etwas dazu beiträgt, wird das Vereinigte Königreich bald wieder dort sein, wo es hingehört", sagte der oberste Politiker des Landes, hob das Glas in die Höhe und ein paar dutzend mit Ringen geschmückte Hände applaudierten klirrend mit den Champagnergläsern.

„God save the Queen and our country"

„Das werden wir ja sehen", sagte Franzi, die plötzlich hinter Philipp auftauchte und zog ihn zu den Troikanern. Sokrates klopfte Philipp anerkennend auf die Schulter und stieß mit ihm an.

„Wie seid ihr denn durchgekommen?", fragte Philipp in der vergeblichen Hoffnung, noch ein bisschen Lob für seinen Einsatz zu erhalten.

„Mit dem Taxi von der anderen Themseseite aus. Wir hatten ein bisschen Stau, mussten die letzten zwanzig Meter laufen, ansonsten aber keine Mutproben ablegen."

Philipp war sprachlos. Da riskierte er sein Leben, und die beiden Folterknechte Englands spazierten einfach an der Hölle vorbei.

Franzi lächelte spitzbübisch. Auch sie hatte sich mit einem langen Kleid aufgebrezelt, das zwar sehr gut geschnitten und teuer aussah, aber dennoch langweilig wirkte. Kein Vergleich zu Philippa.

„Lasst uns doch mal ein bisschen unter die Leute gehen", sagte sie und fuhr sich durch ihr extra für diesen Abend künstlich gelocktes Haar, das Philipp an das Spaghetti-Eis seiner Kindheit erinnerte, dieser schlimmsten, ihm bekannten Vortäuschung falscher Tatsachen – abgesehen vom *Facelifting*, was man ohnehin sofort erkannte. Arme Franzi, ihr fein geschnittenes, regelmäßiges Gesicht brauchte eine solche

Wirrnis auf dem Kopf doch gar nicht. Vielleicht wäre es viel besser gewesen, wenn sie sich eine Kurzhaarfrisur zugelegt hätte, die ihren Hinterkopf betonte und sie gleichzeitig von ihren unseligen Steckfrisuren erlöste. Ach, Philipp, du Art Director, grinste er in sich hinein, während er sie fast liebevoll musterte, du musst endlich aufhören mit deinen inneren stilistischen Korrekturen.

„Wir erreichen gar nichts in diesem Land, wenn man euch für arrogante Besatzer hält", sagte Franzi.

Jaaa, Franzi war so pragmatisch wie die Briten, sie hatte es drauf. Weswegen die Herren folgsam nickten und sich in verschiedene Richtungen zerstreuten. Philipp kämpfte sich zu den Kanapees durch. Sein Hunger hatte mittlerweile Ausmaße wie der gigantische Schuldenberg Großbritanniens angenommen. Er musste ihn wenigstens wieder auf die Größe seiner eigenen Defizite abtragen, bevor das Dinner losging. Sonst wurde er unleidlich, er kannte sich. Sich höflich entschuldigend, aber entschlossen drängelte er sich deshalb fast ganz an die Spitze der Schlange, machte einen Ausfallschritt, schnappte sich einen Teller und füllte ihn ausschließlich mit *Fish Pie*, einem nicht sehr eleganten, aber leckeren Gericht mit Kartoffelbrei, biologisch gezüchtetem Räucherfisch und Kabeljau, wie auf dem Schild zu lesen war.

„Diese Fische wird es bald nicht mehr hier geben, wenn Sie die Ölfirmen weiter in der Nordsee bohren lassen", sagte ein junger Mann im Anzug ohne Krawatte, der, wie sich herausgestellte, Vertreter einer bedeutenden, gegen die Ölindustrie kämpfenden Umweltorganisation war, und sich ebenfalls den Teller mit Fish Pie voll lud. „Es sind noch keine Entscheidungen getroffen worden, Sir", sagte Philipp und setzte sein freundlichstes Lächeln auf. „Außerdem tragen Sie ja auch gerade zum Aussterben bei", merkte er an und versuchte so das Gespräch aufzulockern, was aber den Umweltschützer zu den veganen Linsenbratlingen trieb.

„Ich esse auch gerne glücklichen Kabeljau aus unserem Meer, aber ohne eine funktionierende Ölindustrie kommt das Land nicht aus der Misere", mischte sich plötzlich ein älterer Herr ein, der ungeduldig von einem Bein auf das andere tretend auf die Platte mit Corned-Beef-Puffer wartete. Es war Oliver Winters, der für die katastrophale Lage der Wirtschaft viel zu braun gebrannte Cheflobbyist des Arbeitgeberverbands und Fleischfabrikant. Diese Position mit einem Vertreter der traditionellen Industrie zu besetzen, war ein letztes Zugeständnis der Finanzindustrie gewesen, die längst Englands Economy dominierte.

„In dieser schwierigen Lage müssen wir alle zusammenhalten, da hat unser *PM* schon Recht", sagte er, zog Philipp unauffällig ein paar Meter nach links und separierte ihn so von den anderen Gästen, was Philipp nervte, da er dadurch den Spitzenplatz am Kopf der Schlange des Buffets verlor.

„Wir sehen uns ja morgen", flüsterte Winters. „Aber ich wollte vorher noch in einer lockeren Atmosphäre mit Ihnen plaudern."

Von draußen vor dem Hotel hörte Philipp die angeblichen Vertreter der 99 Prozent der britischen Gesellschaft gedämpft, aber dennoch vernehmbar ihre Parolen durch die Megaphone rufen. Drinnen das vornehme Schmatzen und Schlürfen des mikroskopisch kleinen Rests der *Society*, der mit dem Scheckbuch seinen Unmut kundtat.

„Ich weiß, Sie sind ein Freund der Wirtschaft, aber ich weiß auch, dass in einer schweren Stunde Entscheidungen zu treffen sind, die man vielleicht gar nicht treffen will", sagte Winters und legte seine Hand väterlich auf Philipps Arm. Der guckte irritiert und steckte sich ein viel zu großes Stück Fish Pie in den Mund, an dem er schwer zu kauen hatte.

„Vielleicht stellen Sie ja bald fest, dass Sie anstatt Bio-Fisch lieber Corned-Beef-Puffer mögen", sagte Winters. „In diesem Fall müssten Sie sich ihr Leben lang keine Sorge mehr machen, wo Sie ihre Corned-Beef-Puffer herbekommen", ergänzte der Lobbyist, klaute sich ein Stück Fish Pie von Philipps Teller, zerkaute es krachend und ließ ihn stehen.

Unbelievable. War Philipp gerade Adressat eines filigranen Bestechungsversuchs geworden? Oder redete der Mann wirklich nur über Essensvorlieben? Ausgerechnet Percy Bancroft, der die ganze Zeit unbemerkt in der Nähe gestanden haben musste, ließ Philipp wieder auf seinen alten Platz in der Schlange. Dieses Mal füllte er seinen Teller mit Corned-Beef-Puffer, er wollte die Dinger wenigstens mal probieren. Und mischte sich dann erneut unter die Gäste. Dabei stieß er auf die Abteilungsleiterin aus dem British Museum, die unentwegt von Mowgli und seiner Kenntnis über englische Geschichte schwärmte, ohne auf Philips laienhafte Fragen nach den Fischfangmethoden der Assyrer einzugehen, woraus er schloss, dass sein Freund über ihn geredet haben musste. Er sprach mit dem klagenden Chef der nationalen Gesundheitsbehörde, dem – vielleicht nur weil er an einer Bindehautentzündung litt – bei seinem Lamento die Tränen in den Augen standen. Und entwand sich erfolgreich einigen überheblichen Vorstandsvorsitzenden großer Unternehmen und sich anbiedernden Gewerkschaftsbossen, die ihm allesamt glänzende, aber unter der Oberfläche schmutzige Angebote unterbreiteten.

Innerhalb kürzester Zeit hatte er einige hoch dotierte, verlockende Offerten für lukrative Mandate für die Zeit nach der Troika bekommen, die alle seine finanziellen Schwierigkeiten auf einen Schlag lösen könnten. Was dafür als Gegenleistung von Philipp erwartete wurde, war ihm auch ohne explizite Erwähnung klar: Er sollte sich wirkungsvoll, aber heimlich für ihre Belange in der Troika stark machen. Auch ein Adlatus des Duke of Surrey, der den Empfang sofort nach dem Gespräch mit Philipp verließ, versprach ihm durch die Blume, das Land als reicher Mann zu verlassen. Wie gerne hätte er darauf geantwortet: Ätsch, bin ich schon, aber davon war er ja leider weit entfernt.

„Hey, wie geht's dir?", sagte Philippa auf einmal und berührte seine Schulter.

„Du siehst ja wieder *proper* aus."

„Wer sich im Savoy an die Kleiderordnung hält, darf auch mit Krokodil anreisen", trat ihr Vater hinzu, ein für seine Herkunft erstaunlich jovialer Mann, lachte schallend und schüttelte Philipp die Hand. „Freut mich, Sie kennenzulernen."

„Meine Tochter hat mir schon von Ihnen erzählt."

„Es ist gut, dass Sie und Ihre Kollegen hier sind", sagte der Herzog und war vor Patriotismus gar nicht mehr zu bremsen.

„Gemeinsam bringen wir das Land wieder auf Vordermann."

Jaja, komm zum Ende, dachte Philipp nur. Er wollte endlich mit Philippa ein paar Worte wechseln und sie nach ihrer Nummer fragen.

„Zum Wohle des Landes muss man zu Opfern bereit sein", meinte der Herzog noch, wobei sich in seine Stimme ein gewisser pathetischer Ton mischte, dabei aber lustig die Augen zusammenkniff. Er schüttelte Philipp zum Abschied abermals kräftig die Hand und zog Philippa mit sich. Im Weggehen warf sie ihm noch einen verführerischen Blick zu. Wenn sie nicht zufällig schielte, konnte Philipp dies durchaus als einen Annäherungsversuch interpretieren.

Sehr gut. Die Monarchie versuchte offensichtlich nicht, ihn zu bestechen, stellte Philipp zufrieden fest. Und Philippa stand ebenso offensichtlich auf ihn wie er auf sie.

Plötzlich ertönte ein Knall. Philipp zuckte zusammen. Ein Schuss? Nein, es war wohl einer der roten Luftballons, der über den Gästen schwebte, sah er, als er seinen Blick nach oben richtete. Innerhalb von Sekunden stürmten mehrere als Weihnachtsmänner verkleidete Personen den Saal und rollten ein riesiges Transparent aus. *Don't steal our christmas, Troika* stand darauf geschrieben. Einige der Störenfriede stürmten das Buffet in eindeutig nicht kulinarischer Absicht und fingen an, die Gäste mit Häppchen zu bewerfen.

Lady Ashcroft bekam als erstes ein Fish Pie ins Gesicht. Welche Verschwendung. Der Fleischfabrikbesitzer wurde von seinen eigenen Puffern getroffen. Die Frauen und Männer in ihrer teuren, jedoch für eine Flucht ungeeigneten Garderobe rannten panisch zum Ausgang, unbeholfen watschelnd wie Pinguine. Aber die Weihnachtsmänner versperrten ihnen den Weg. Wo war Anthony nur mit seinen Sicherheitsleuten? Er musste schon geflohen sein. Wie waren die Krawallos überhaupt reingekommen? Egal. Die Blicke einiger Gäste richteten sich auf Philipp, wie ihm schien, und erwarteten offenbar eine Reaktion. Was sollte er machen? Er hatte schließlich den Helden nur gespielt. Sollte er mit Fish Pie zurückwerfen? Oder einer anderen Köstlichkeit? Wohl eher mit einem festeren Corned-Beef-Puffer. Oliver Winters war ziemlich glimpflich davongekommen. Am besten war, er versuchte ebenfalls zu fliehen. Das Dinner war definitiv gestorben. Zum Glück hatte er sich gerade satt gegessen und seinen Magen befriedet. Philipp ging hinter einer riesigen Chaiselongue in Deckung. Auf einmal berührte jemand seine Hand. Philippa. Sie drückte sich an ihn und küsste ihn leidenschaftlich.

„Was machst du hier?", fragte Philipp erstaunt.

„Ich hatte Angst um dich", sagte der Traum seiner in den nächsten Wochen gewiss schlaflosen Nächte, riss den unteren Teil ihres Kleides in Stücke, damit sie sich besser bewegen konnte, nahm seine rechte Hand zu Hilfe und bewegte sich mühsam im Entengang vorwärts. Irgendwann wurde er auch den schön bemalten Porzellanteller los, indem er ihn vorsichtig auf eine Kommode stellte, an der sie vorüber kamen, und folgte ihr watschelnd hinter die Werbetafel, vor der Anthony noch vor kurzem seine Rede gehalten hatte.

Philippa öffnete die Tür dahinter und schon befanden sich in einem Seitengang hinter dem Ballsaal und waren völlig allein. Philippa war ortskundig, *absolutely no doubt about it.*

„Danke, du hast uns gerettet", sagte Philipp.

„*No prob*", antwortete Philippa und bewegte ihre rechte Hand wie ein gestikulierender Rapper auf und ab, gab ihm einen Kuss und zog ihn weiter wie ein kleines Mädchen ihren Papa. „Komm mit."

Während sie den Fahrstuhl in den fünften Stock hinaufnahmen, nutzten sie die Zeit und knutschen wie Teenager auf ihrer ersten Party.

„Wohin führst du mich?", fragte der freiwillig Entführte, als er einmal den Mund freibekam und war nicht sicher, ob sie ihn verstand. Doch Philippa legte nur einen Finger auf ihren Mund und ging weiter. Sie holte eine Einlasskarte aus ihrer Handtasche und öffnete die Tür zur *Katharine Hepburn* Suite. Auf dem Mahagoni-Tisch in der Mitte des geschmackvoll in einer Mischung zwischen Jugendstil und Bauhaus eingerichteten Raumes stand eine Flasche Champagner und eine Silberschale mit Erdbeeren. Im Hintergrund konnte er durch das Panoramafenster das beleuchtete Riesenrad und die Themse sehen.

Wieso war Philippa nur so stürmisch? Entweder war sie eine Nymphomanin und das Savoy richtete dieses Ensemble immer her, wenn sie im Hause weilte, oder sie hatte seine Verführung noch kurzzeitig arrangiert, weil sie ihm in großer Schnelligkeit verfallen war. Oder es gab generell eine derart lecker ausgestattete Suite, wo man sofort zur Sache gehen konnte. *Who cares? Philipp didn't.* Reden konnten sie später. Er musste die *heat of the moment* nutzen. Philipp zog Philippa an sich, küsste sie, zog ihr Kleid hoch und umfasste mit seinen beiden Händen ihren knackigen Po, machte eine Kunstpause, schaute ihr tief in die Augen und küsste sie erneut. Seine bewährte Taktik.

Wonderful. Kaum zu glauben. Seit ewigen Zeiten hatte er die berühmten Schmetterlinge nicht mehr so wohlig in seinem Bauch flattern gespürt…Aber, oje, das waren andere Schmetterlinge, die sich da bemerkbar machten. Böse Schmetterlinge, nachtschwarze Motten, die Unglück brachten. Ein Krampf fuhr durch seine Eingeweide und bald darauf folgte der nächste. Die Nüsse, das Gurkensandwich, der gierige Bissen Döner, der viele Tee, die Schokoriegel, der Gin & Tonic, der Champagner, die Fish Pies und die *fucking* Corned-Beef-Puffer rebellierten in seinem Magen und produzierten eine explosives, nicht mehr kontrollierbares Gemisch. Er musste dringend auf die Toilette und musste sich zusammenreißen, um nicht ein Pupskonzert in *forte fortissimo* zu geben. Auf seiner Stirn bildete sich kalter Schweiß und begann, über seine Wangen zu laufen. Was nun? Es blieb ihm nur eine Möglichkeit: der geordnete Rückzug.

„Philippa, es tut mir leid, ich kann nicht", sagte Philipp und versuchte sich, von seinem *dirty angel* zu lösen.

„Zu betrunken?", sagte Philippa.

„Nein, ich finde nur, dass wir alles langsamer angehen sollten."

Philipp gab ihr einen Kuss, rannte los, schmiss dabei die Erdbeeren und den Champagner um und ließ die perplexe Philippa in der Suite zurück. Wo war nur die verflixte Toilette auf dieser Etage?

Kurze Zeit später durchquerte Philipp erleichtert, aber völlig *groggy* das Foyer des Savoys. Er wollte, so schnell es ging, in seinen Club zurück, ein heißes Bad nehmen, einen Kamillentee trinken und einen Heinz-Erhardt-Film auf seinem Laptop gucken. Was für ein anstrengender, aber am Ende fantastischer Tag. Denn abgesehen davon, dass er wirklich so verliebt war, wie lange nicht mehr und ja auch auf eine gewisse Art von Gegenliebe gestoßen war, könnte eine Heirat mit Philippa seine Probleme in Luft auflösen. Vielleicht nicht sie, aber ihr patriotischer Papa könnte ihn retten. Mit seiner Zuneigung, die Philipp schon fast errungen zu haben glaubte, mit seinem Kapital, das er seinem künftigen Schwiegersohn gewiss nicht verweigern würde. Danach hätte er Geld wie Heu, um seinen alten Lebensstandard wiederaufzunehmen, Wilhelm Mbutus Haus zu bezahlen, vielleicht ja sogar ein Studium, wenn er weiterhin so eifrig lernte. Ganz abgesehen von seiner völlig neuen Einkleidung. Seidenunterwäsche, die seine Haut umschmeichelte, die schönsten Frackhemden der Welt und jeden Monat Dutzende rote Socken zum Wechseln. Ja, Philipp war einfach ein maximaler Träumer, seine Fantasie machte vor nichts Halt.

Einen Haken gab es noch, so blauäugig war er dann doch nicht: Wenn er die Monarchie, wie von der britischen Regierung gefordert, als Helfershelfer abschaffen half, würde aus einer Vermählung nichts werden. Er konnte die Geschichte drehen und wenden, wie er wollte, er befand sich in einem Dilemma. Was sollte er nur tun? Auf sein Herz hören, Philippa versuchen zu ehelichen und die Pläne von Anthony zu durchkreuzen, oder seine berufliche und ja auch familiäre Pflicht erfüllen? Wie Onkel Fortuné, sein prinzipientreuer Vorfahr handeln würde, wäre klar. Er würde das Wohl des Staates an erste Stelle setzen. Aber was sollte er selbst tun? Er hatte keine Lust, auf das Schafott zu klettern, bildlich gesprochen.

„Wollen Sie unser Land zerstören?", sagte ein Mann im Smoking, als Philipp gerade in eine jener fetten Pekingenten einsteigen wollte, welche die Briten nunmehr als Taxi benutzten.

„Wenn Sie glauben, dass Sie mit diesen Plänen Erfolg haben, haben Sie sich geschnitten."

„Sie wissen doch noch gar nicht, was wir vorhaben, Sir", sagte Philipp etwas gereizt.

„Ach ja? Steht seit einer halben Stunde alles im Internet, Sir", antwortete der Mann maliziös und betonte das Sir.

„Wo denn, bitte?"

„Auf UKleaks.com", sagte der Mann und stapfte im Schnee davon.

Philipp öffnete mit dem Browser seines Handys die perfekt gestaltete Internetseite. In der Tat. Die mit der britischen Regierung noch nicht abgestimmten Pläne der Troika waren detailliert aufgelistet. Zwar stand dort nur wenig über die „Abwicklung" der Monarchie, wie ehemalige Volksgenossen aus der DDR sagen würden, aber die Gewerkschaftsbosse und Industriellen, die er morgen treffen würde, wären sicherlich *not amused*.

Auch Anthony und seine Minister würden die Troikaner in Stücke reißen, bevor Philipp, Sokrates und François überhaupt eine Chance hätten, ihre Ideen vorzustellen. Die Drei standen, noch bevor sie mit ihrer Arbeit begonnen hatten, mit dem Rücken zur Wand, und er, er, er war schuld. Philipp überkam ein Schauder und er kratzte sich mal wieder. Bis er blutete.

8

Der Wecker klingelte, Philipp blickte auf die Uhr. 6.10 Uhr. *Way too early*. Er quälte sich aus dem Bett, ging duschen, und als er aus dem Badezimmer kam, stand ein betörend duftendes *Full Scottish Breakfast* auf dem Esstisch. Das er nicht bestellt hatte. Aber das genauso beschaffen war, wie er es liebte. Mit Haggis, ein mit Herz, Leber, Lunge, Nierenfett, Zwiebeln und Hafermehl gefüllter Schafsmagen und anderen blutigen Köstlichkeiten. *Yummie*. Wem er diese Aufmerksamkeit wohl zu verdanken hatte? *Doesn't matter*. Für den anstehenden Tag mit den Meetings beim Industrieverband und den Gewerkschaften konnte er ein ordentliches Frühstück gut gebrauchen. Die Reaktion auf die geleakten Troika-Dokumente war ausgefallen, wie befürchtet. Online tobte sich der Mob der Arbeitslosen und internetfähigen Rentner in Foren aus, stellte Philipp fest, als er seinen morgendlichen Ritt durch die neuen und alten Medien absolvierte. Auch für Zeitungen und Fernsehsender war der *Scoop* ein gefundenes Fressen, mit einem Foto von Philipp, bäuchlings vor dem Savoy, als Dessert. Sollte er Franzi und seinen Kollegen seinen kapitalen Bock beichten?

Nein, lieber die Füße stillhalten und Gelassenheit demonstrieren. Er guckte online noch schnell nach anderen eventuell relevanten Themen, die Ärger verursachen könnten. Ein Tiefdruckgebiet drohte die Ostküste der Insel zu verwüsten, schottische Separatisten wollten die Gunst der Stunde nutzen und sich vom Vereinigten Königreich lösen, eine schottische

Untergrundgruppe drohte gar mit Anschlägen und der Chef der britischen Zentralbank lieferte sich eine Schlammschlacht auf der letzten Seite der Sun mit seiner Noch-Ehefrau.

Philipp öffnete den Kleiderschrank, holte ein hellblau gestreiftes Hemd und eine gelbe, mit dunkelblauen Elefanten verzierte Krawatte heraus und zog sich an. Sein blauer Lieblingsanzug mit Weste, an der er die goldene Taschenuhr seines Urgroßvaters befestigen konnte, schien ihm gerade richtig. Was tat er nicht alles für den richtigen Auftritt. Trotz des bevorstehenden ökonomisch-politischen Massakers und der Unsicherheit, wann er Philippa wiedersehen sehen würde, war Philipp verliebt und ausgesprochen gut gelaunt und verließ seine ungeputzte, fast etwas heruntergekommene Suite. Bevor er die Drehtür in der Lobby erreichte, dachte er sogar noch daran, sich beim Clubmanager zu erkundigen, was Mowgli denn gestern hier gewollt haben könnte, erhielt aber auf seine beiläufig formulierte Frage keine Auskunft. Im offen einsehbaren Gästebuch in der Lobby tauchte Mowglis Name auch nicht auf.

Sehr verdächtig, dachte Philipp und trat aus der Eingangstür, wo ihn ein eisiger Wind anwehte und er sich schlagartig nach Wärme und Sonnenlicht sehnte. Alasdair wartete mit dem Porsche, dem er mittlerweile Schneeketten angelegt hatte, schon vor dem Club und hatte Mühe, Philipp die Tür zu öffnen. Der Schnee türmte sich bestimmt einen Meter hoch am Straßenrand, der St James's Square musste seit Tagen nicht geräumt worden sein. Dies war ihm vorher gar nicht aufgefallen. Wie im Skiurlaub kam sich Philipp vor, inklusive der überall sich türmenden Idiotenhügel, ein bisschen kleiner zugegebenermaßen und erwog den Gedanken – falls sich die Situation bis morgen nicht verändert haben würde – sich Spikes für seine teuren Treter zu besorgen.

„Die Leute vom Straßendienst streiken", sagte Alasdair und fuhr langsam los.

„Alasdairrr", sagte Philipp, der beschlossen hatte, ihm seine unvermeidbare Kündigung sofort mitzuteilen.

„Yes, Sir?"

Philipp schluckte, er brachte es nicht übers Herz.

„Do you know a good doctorrr? I have grreat problems with my stomach", sagte er sorgsam bemüht, nicht zu stottern und unendlich erleichtert über seine gute Ausrede. Wenn ihm sein Bauch Sex mit der heißen Enkelin der Queen und seiner potentiellen Braut versaute, sollte er die Warnungen seines Körpers ernst nehmen. Er würde Alasdairs Dienste heute noch privat nutzen, den Tagessatz aus eigener Tasche bezahlen, wie auch immer, und ihm morgen kündigen. Spätestens übermorgen. Denn sein alter Kollege machte wirklich einen guten Job. Trotz der verschneiten Straßen brachte er Philipp fast pünktlich und *smooth as christmas pudding* zu seinem Termin bei der British Industry Association.

In einer kurzen Telefonkonferenz entschieden die Troikaner und Franzi während der Fahrt, auf den ursprünglichen Vorschlägen, wie man die darbende Finanzindustrie wieder auf die Beine bringen konnte, zu beharren. Woher der vermaledeite Blogger die

Informationen hatte, wurde nicht wirklich besprochen. Franzi nannte den Vorgang nur ärgerlich, und damit war das Thema vom Tisch. Keiner schien für möglich zu halten, dass der Verräter – oder der liebenswerte Schussel –, wie Philipp sich lieber bezeichnet hätte, aus dem eigenen Team kommen könnte.

Das sich so hochtrabend akademisch nennende *Institute for International Finance*, die Interessenvertretung der Londoner City, also der Finanzbranche, residierte in einem gigantischen Glaspalast mitten in der Stadt. Philipp überlegte kurz, mit Margret Thatcher zu unterschreiben, als er ausstieg, signierte Alasdairs Abrechnungszettel dann aber mit seinen Initialen. Während er sich auf den Weg zu den Empfangdamen im Foyer im Erdgeschoß begab, checkte er seine Mails. Der Schnee war mittlerweile so glatt, dass jeder seiner Schritte nicht nur ein Abenteuer war, sondern eine gigantische Metapher für seinen Kontostand. Der Ton seines Bankberaters in seinem Vierzeiler auch, er wollte Philipp dringend sprechen, ohne jedoch einen Grund für sein Anliegen zu nennen. Das klang nicht gut. Er würde ihn später anrufen. Oder vielleicht auch nicht.

Jetzt warteten andere Herausforderungen. Vor dem Eingang des Gebäudes vertrat sich eine Journalistenmeute mit Kameras und Aufnahmegeräten die Beine, die ihn mit ihren Fragen zwar nicht gleich töten, aber doch wie ein angeschossenes Wild vor sich herzutreiben gedachten. Gibt es einen Verräter in der Troika? Und wer ist es? Heraus damit.

„*No comment, no comment, no comment*", murmelte Philipp, und drängte sich durch den Pulk, wo man ihn mit weiteren fiesen Fragen löcherte. Nur noch wenige Meter und er war die Kerle los. Er musste nur noch durch die Drehtür gehen und im warmen Bauch des Kapitalismus verschwinden.

„Ich weiß, dass Sokrates der Bösewicht ist", sagte unvermittelt ein Mann, der das mediale Ritual aus der Ferne beobachtet hatte und ihm nun den Weg versperrte, höflich und mit dem gebotenen Abstand. Ohne Block, Mikrofon oder sonstigen Utensilien, das ihn als Vertreter der Presse enttarnt hätten. Er stellte sich als Charles Lipkens vor. Redakteur beim Guardian, dünnes Haar, rote vom Schnee durchnässte Turnschuhe zum blauen Anzug, das Kinn so breit und kantig wie ein Amboss.

„Was?", sagte Philipp und biss sich auf die Lippen, weil er sich ärgerte, dass er doch etwas gesagt hatte.

„Der Grieche hat die Dokumente geleaked", sagte der Journalist mit einer eigentümlichen Sicherheit in der Stimme.

„Wieso sollte er das tun?"

„Warum sonst hat er plötzlich ne halbe Million mehr auf seinem Konto?"

„Woher wissen Sie das?"

„Das sag ich Ihnen nicht", sagte der Journalist, steckte Philipp unvermittelt seine Visitenkarte in die Manteltasche und ließ ihn passieren. Blufte der Mann nur? Oder wusste er tatsächlich mehr? Weshalb sollte Sokrates ein Interesse daran haben, dass die Pläne der Troika vorzeitig bekannt wurden? Irritierter, als er hätte zugeben wollen und sich heftiger als sonst in den Locken wühlend, meldete sich Philipp am Empfang an, fuhr in den dritten Stock und betrat den Konferenzsaal, der einen sagenhaften Blick über London bot.

Da saßen sie. Harmlos wie Grundschüler beim Mittagessen in der Schulkantine. Percy, der Schmock, dessen unvorteilhaft fliehendes Kinn Philipp erst jetzt auffiel, unterhielt sich angeregt mit Franziska, Sokrates saß etwas gelangweilt neben François. Oliver Winters, der Philipp gestern noch ein unmoralisches Angebot gemacht hatte und hier als scheinbar neutraler Moderator bestellt worden war, kam lässig wie ein Ferienanimateur herübergeschlendert, begrüßte ihn herzlich und zwinkerte ihm zu. Auf seinem Platz fand Philipp Kaffee, Tee, Buttergebäck und ein Stück Corned-Beef-Puffer. Er schielte auf die Teller seiner Kollegen. Warum fand er nur auf seinem Teller einen Corned-Beef-Puffer? Hatten die anderen ihre schon verspeist? *Got you*, Sokrates. An seinem Mundwinkel hing ein verdächtiger Krümel, der sich jedoch als Schokolade entpuppte, wie Philipp feststellte, als er sich seinem Gesicht näherte und dabei unfreiwillig eine Knoblauchanmutung vom gestern Abend anscheinend noch genossenen Zaziki erwischte.

Vielleicht hatte Winters beim englischen Geheimdienst gearbeitet und dort gelernt, dass Korruption auch durch den Magen geht, dachte Philipp, nahm endlich neben François Platz und schaute angriffslustig in den Ring. An dem Glastisch war fast die gesamte wirtschaftliche Elite des Landes versammelt. Die Fondsmanager, Investmentbanker und Börsenmakler, die allesamt Milliarden, wenn nicht gar Billionen bewegten, guckten grimmig und machten den Eindruck, als ob sie es gar nicht erwarten konnten, die Pläne der Troika zu zerfetzen. Mit sachlichen Kommentaren würden sie sich vermutlich nicht aufhalten. Unter ihrer Maßkleidung sträubte sich ihr Fell, fast glaubte Philipp, es knistern zu hören.

Dass Oliver Winter mit seiner leicht näselnden Stimme allen einen wunderschönen Morgen wünschte und Franzi und Percy übertrieben freundlich das Wort erteilte, war angesichts der aufgeladenen Stimmung im Raum der reine Euphemismus. Und nicht weniger merkwürdig erschien Philipp die Tatsache, dass sowohl Percys Seidenkrawatte als auch Franzis mit violetten Punkten übersäter Schal sie zum perfekten Paar stilisierte. Absicht oder Zufall? Einfach nur im selben Laden eingekauft? Oder geheime Signale? Den Anflug von Eifersucht wischte Philipp entschlossen beiseite.

„Vielen Dank, Oliver. Zunächst möchten wir uns für den Ärger der vergangenen Stunden entschuldigen", sagte Franzi in feinstem amerikanischen Ostküstenenglisch, sendete ein allumfassendes Lächeln in die Runde, doch die Bosse quittierten die Charmeoffensive mit nur noch feindseligeren Blicken.

„Das wird nicht mehr vorkommen", sagte Franzi, das Tremolo in ihrer Stimme hätte auch ein schlecht zu verbergendes Zittern sein können, manchmal war sich Philipp nicht klar, mit welchen Tricks seine alte Schulfreundin gerade arbeitete. „Bitte betrachten Sie die geleakten Reformvorschläge für die englische Wirtschaft und Ihre Branche im speziellen lediglich als Diskussionsgrundlage", fuhr sie fort, was Philipp maßlos ärgerte, da er genau diese Reformvorschläge gleich vorstellen musste und sie sehr wohl als nicht verhandelbar erachtete.

Percy nickte heftig mit dem Kopf, was für ihn eine ungewohnt offene Gefühlsäußerung war. Auch in seiner Stimme klang ein gewisses Pathos durch, als er hinzufügte, dass die Finanzindustrie das Rückgrat der britischen Wirtschaft sei. Dass die Bosse diese übliche und sonst wirkungsvolle Schmeichelei nicht goutierten, machte Philipp nervös, denn nun war er an der Reihe. Franzi hatte ihn ausgewählt, um die Vorschläge zu präsentieren, weil er am meisten Verständnis für das Kapital zu haben schien. In ihren Augen fehlte ihm nun einmal das soziale Gewissen, sie schätzte ihn als knallhart ein und unsentimental, so jedenfalls, wie Philipp nicht ungern gesehen werden wollte.

Eine Präsentation vor so vielen Leuten lag jedoch lange zurück. Er hätte seiner Müdigkeit nicht so schnell nachgeben dürfen gestern Abend, und noch etwas üben sollen, auch wenn der Spiegel in seiner Suite noch so trübe war. Noch dazu befanden sich einige ehemalige Kollegen oder Bekannte aus seiner alten Branche im Publikum, wie er zu seinem Entsetzen bemerkte. Matthew, genannt King Midas, weil er aus Scheiße Gold machte. Peter, der neben ihm saß, hieß in der Szene nur „Banker des Kreml", und auch „Fabulous Fabian" glänzte mit seiner Anwesenheit, obwohl er sonst nur selten seinen Arbeitsplatz verließ. *Time is* schließlich *money*. Mit fast allen hatte Philipp früher Geschäfte gemacht und verbrannte Erde zurückgelassen. Wenn sich jetzt bloß nicht sein Magen bemerkbar machte. Im Grunde wartete er nur darauf. Aber auch nach den ersten zehn Minuten seines Vortrags spuckte der Vulkan in ihm kein Feuer. Dafür brodelte ein übergewichtiger Herr in der ersten Reihe vor sich hin. Obgleich Philipp doch erst bei der allgemeinen Beschreibung der Situation des Königreichs und noch gar nicht auf die Belastungen für die Banken und Hedgefonds zu sprechen gekommen war, schnaufte er schon hörbar vor Erregung. Während er die gute Ausgangsbasis der englischen Wirtschaft so ausführlich und blumig wie möglich lobte und damit log, dass sich die Balken bogen, ging Philipp im Kopf das Troika-Dossier mit den gefährlichsten Gegnern durch. Wer war der Typ bloß? Es musste Kevin Osborne sein, der einst mit der Broschüre *„How to get stinky rich"* seine erste Million verdient und danach nicht nur eine immer noch führende Investmentbank, sondern auch eine Privatuniversität mit dubiosem Lehrkörper gegründet hatte, wo jedes Seminar extra kostete. Dass er im ganzen Land sein Geld gewinnbringend in Atomkraftwerken anlegte und deren Prototypen sogar nach Indien verkaufte, war bestimmt kein Gerücht, da war sich Philipp ganz sicher.

„Um für Gerechtigkeit zu sorgen, werden wir alle Subventionen für die Wirtschaft streichen, um das Haushaltsdefizit auszugleichen und die Banken an die Kandare nehmen", schoss Philipp seinen ersten Pfeil ab und schaute in die immer noch misstrauischen, aber nicht wirklich überraschten Gesichter. Vielleicht war es gar nicht so schlecht gewesen, dass die Pläne der Troika vorab durchgestochen wurden. Von wem auch immer. Damit waren die Banker auf den Schock schon vorbereitet gewesen. „Außerdem werden alle Steuerschlupflöcher geschlossen, damit Reiche ihre

Steuern genauso wie Arme bezahlen müssen." Zack. Treffer Nummer Zwei.

Der dicke Osborne in der ersten Reihe schien bei diesem Satz fast zu kollabieren. Philipp hörte ein erneutes lautes Stöhnen, so klang ein Vulkan, in dem die Lava kurz vor dem Ausbruch stand.

„Zu diesem Zweck streben wir auch einen lückenlosen Datenabgleich mit Banken in Steuerparadiesen an." Boom. Mitten ins Schwarze.

Nun stöhnte nicht nur Osborne, sondern der ganze Saal. Viele einzelne Vulkane stöhnten, genauer gesagt.

Nach einer halben Stunde hatte Philipp alle Punkte abgehakt und eröffnete die Fragerunde, die Franzi moderieren sollte. Dabei gab er ihr mit einem vielsagenden Blick zu verstehen, dass *Atomic Osborne,* wie er in *UK* genannt wurde, auf keinen Fall zu Wort kommen durfte. Der Finanzunternehmer plante eine radikale Umwandlung der altehrwürdigen Vereinigung zu einer Kampftruppe, was Philipp als Anhänger Schumpeters und seiner Idee der kreativen Zerstörung zwar gefiel, das Leben der Troika aber noch stressiger machen würde. Keinen Stress zu haben war ihm allerdings wichtiger, als der reinen Lehre zu folgen, war er doch ein durch und durch bequemer und harmoniesüchtiger Mensch.

Auch Franzi wusste um die Gefahr, sollte Osborne die Gelegenheit erhalten die übrigen Mitglieder aufzuhetzen, und erteilte das Wort John Hopkins, dem Ehrenpräsidenten der Vereinigung, bekannt für seine ausschweifenden Reden im Stile des kubanischen Revolutionsführers Fidel Castro. Eine dicke Zigarre würde seinen Redefluss sicherlich noch unterstützt haben, dachte Philipp und nahm wieder neben seinen Troika-Kollegen Platz.

„Bereits im 16. Jahrhundert befand sich Großbritannien in einer Wirtschaftskrise", eröffnete Hopkins seine Analyse und begann wie ein Professor durch den Saal zu wandeln, während die ersten Manager mit den Augen rollten und zu ihren Mobiltelefonen und Tablets griffen. Vielleicht um die Anweisung zu geben, ihre prall gefüllten Kontos in Übersee zu räumen. *Bye, bye, Barbuda.* In der gleichen Sekunde steckte ein Mann seinen Kopf vorsichtig durch die Tür und bat Percy wohl um eine Unterredung, worauf dieser hastig den Raum verließ, wie Philipp beobachtete. Was war nun schon wieder los?

„Auch die Eisenbahnkrise im Jahr 1847 sorgte für unglaubliche Umbrüche", fuhr Hopkins fort, und Osbornes Kopf färbte sich rot wie eine Tomate. Sokrates, der sich schon immer für Geschichte interessiert hatte, hörte aufmerksam zu und machte sich eifrig Notizen, zumindest tat er so. Während François, der Handyspiele-Süchtige, unter dem Tisch ein heimliches Autorennen gegen I-love-Grenades-67 aus Aserbaidschan fuhr, wie Philipp erspähte.

„Krisen haben sich also schon immer als Chancen für unser Land erwiesen", schloss Hopkins nach einer gefühlten Stunde seinen Vortrag und blinzelte Philipp zu – wie ein Kollaborateur. Er würde Hopkins eine gute Kiste Cohibas schicken, so viel stand fest. Damit bewaffnet, mochte er dann das nächste Mal seine Ausführungen ins Unendliche dehnen. Nun ergriff Franzi das Wort. Eine Millisekunde vor Osborne, grandios. Sie bedankte sich für die hervorragende Analyse und entschuldigte sich, dass sie und ihre Kollegen sogleich zum nächsten Termin eilen müssten und daher leider, leider keine Zeit für weitere Fragen hätten, die man natürlich gerne online stellen könne. Wie leicht man doch Querulanten mit den Errungenschaften des Internets vertrösten konnte, dachte Philipp. Schnell packte er seine Akten ein, steckte sich ein Buttergebäck in den Mund und legte seinen Corned-Beef-Puffer auf Sokrates Teller, der die Angewohnheit hatte, immer schön brav alles aufzuessen. Und zack, verschwand die Leckerei in seinem Mund. Sokrates grinste Philipp an. Philipp grinste zurück.

Nur wenige Minuten später bestiegen Philipp, Franzi und die anderen beiden Troikaner im Hinterhof einen schwarzen Mercedes-Van, der sie zur mächtigsten Gewerkschaft Großbritanniens bringen sollte. Percys devoter Sekretär richtete ihnen aus, dass sein Chef nachkäme. Noch bevor Philipp Alasdair eine Nachricht schreiben konnte, sah er dessen Porsche ihrem Mercedes folgen. Der Van mit den verdunkelten Scheiben und dem Diplomaten-Kennzeichen war alles andere als unauffällig, im Gegensatz zu Alasdairs Flitzer, der sich in Chelsea, durch das sie gerade fuhren, perfekt assimilierte. Ihre Karre schrie praktisch *Shoot us*. Die Fahrt wäre die beste Gelegenheit, die Troika auszulöschen, dachte Philipp, der seit dem Anschlag auf sein Leben und dem Zwischenfall im Savoy äußerst misstrauisch war.

„Hat alles doch super funktioniert", strahlte Franzi, die ihm gegenübersaß und hob ihre Hand wie ein Fußballfan zum Einklatschen. Dass sie alles sportlich sah, war unverkennbar. Aber warum bloß? Was wollte sie sich und ihm und den anderen Troikanern beweisen?

Zudem war Philipp mit seinen Gedanken schon wieder woanders, reagierte nur halbherzig und fragte sich, was Philippa in diesem Moment wohl so trieb. Seit seinem ruhmlosen Abschied, oder besser gesagt, seiner kläglichen Flucht, hatte er überlegt, wie er mit ihr Kontakt aufnehmen könnte, ohne Verdacht zu erregen. Prince Louis, ihren Cousin, wollte er, obwohl sie schon lange befreundet waren, nicht nach Philippas Nummer fragen. Zu peinlich. Eine handgeschriebene Karte an ihre offizielle Adresse im Buckingham Palace mit „*I deeply regret my behaviour on the evening of...*" darauf gedruckt, die immer im Geheimfach seines Aktenkoffers bereitlag, würde zwar Stil beweisen, aber von ihrer Privatsekretärin als Affront gewertet würden. Vielleicht meldete sich Philipp einfach bei einem seiner Internatsfreunde, die, wie Philippa auch, jedes Wochenende auf einem Ball herumturnten, bis sie nach und nach unter der Haube waren und ein Dutzend Kinder mit Namen wie Archibald oder Merlin produzierten.

„Phiiiliiipp...Phiiiliiipp, ich rede mit dir", sagte François' und tippte ihm mit seinem Zeigefinger ihm wie beim Morsen auf den Oberschenkel.

„Entschuldige, François", sagte Philipp. „Worum geht's?"

„Ich hoffe, dass es bei den Arbeiterführern auch so glimpflich abläuft wie bei dir", sagte der Franzose, dem als Sozialisten die Aufgabe zukam, seinen Genossen die Schreckensnachrichten zu verabreichen.

Er zog sein handrolliertes Stofftaschentuch heraus, wofür er von Philipp ein anerkennendes Nicken erhielt, und wischte sich den Schweiß von der Stirn. Wieso geriet der Kerl bei fünf Grad minus so stark ins Schwitzen? Äußerte sich so sein Lampenfieber?

„Den *Working Class People* muten wir wirklich viel zu."

„Alle müssen etwas zur Sanierung beitragen", erwiderte Philipp trocken.

„Genau. Schließlich bringen Kürzungen bei den vielen Millionen Arbeitnehmern wesentlich mehr Geld ein als bei ein paar Unternehmern", sagte Sokrates.

„Einfache Mathematik," ergänzte er.

„Algebra", korrigierte ihn François.

„Die Arbeiter haben allerdings mehr zu verlieren als Unternehmer mit ihrer Drittvilla in der Provence", fuhr er fort.

„Die Reichen zahlen aber fast alle Steuern."

„Würden die Armen auch, wenn sie könnten."

Mann, Mann, Mann, wie ihn diese Ideologen nerven. Um sich zu entspannen, lehnte sich Philipp zurück, erhöhte die Stärke der Sitzheizung auf *full power* und streichelte prophylaktisch seinen Bauch. Eine Aufgabe, die in Zukunft Philippa übernehmen konnte.

Franzi machte ein vergnügtes Gesicht wie ein Schulmädchen auf einem Wandertag in einem Freizeitpark. Die Achterbahnfahrt der letzten 24 Stunden schien ihr diebischen Spaß zu machen.

„Übrigens, du musst dich besser ernähren", sagte sie, nun aber mit ernster Miene.

Philipp betrachtete seine Fingernägel. Was sollte denn dieser Angriff jetzt? Sie war doch nicht seine Mutter. Oder Ernährungsberaterin.

„Ich habe dich beobachtet. Du stopfst dir zu viel ungesundes Zeug rein."

Say what?

„Und dann noch durcheinander."

„Du musst hier dein *A-Game* abliefern und fit sein, das ist dir klar, oder?"

„Und ich dachte schon, du sorgst dich um meine Gesundheit", antwortete Philipp, nun tatsächlich ein wenig beleidigt.

„Ich komme schon klar, Franzi, danke", sagte er nachsichtig, in jenem Ton, in dem er sich früher seine Mutter vom Leib zu halten pflegte, und nahm sein Handy in die Hand, ebenfalls ein Segen der neuen Technik, der unliebsame Gespräche zwar unhöflich, aber sehr wirkungsvoll abzubrechen half.

Wilhelm Mbutu hatte sein Profil bei Facebook geändert, was ihn nun in der namibischen Steppe mit einem Philipp unbekannten, korpulenten Tier zeigte. Pfiffig war der Kleine schon, er wusste genau, wie er langweilige Europäer mit der ihn umgebenden Exotik beeindrucken konnte. Eine Eilmeldung poppte in seinem Display auf. In Manchester und anderen großen Städten des Landes besetzten die Beamten die Rathäuser, las er. Sie wollten offensichtlich den Betrieb blockieren, so dass die Entlassungslisten, um die er und seine Kollegen eigentlich erst in einer Woche bitten wollten, nicht an die Regierung in London weitergeleitet werden konnten.

„Da haben wir den Salat", teilte Philipp seinen Kollegen die jüngste Entwicklung mit und ließ seine Mitfahrer auf sein Handy blicken.

„Wer auch immer die Dokumente geleaked hat, sollte sich schämen", sagte François empört, der dies persönlich zu nehmen schien und in seinem Gedächtnis offensichtlich nach einem klassischen Zitat suchte, das sich für die Kennzeichnung der sich hier auftuenden moralischen Abgründe eignete. Da er nicht fündig wurde, das heißt, weder Shakespeare noch Rabelais zum Kronzeugen aufrufen konnte, sagte er schließlich hilflos: „Solche Leute sind einfach dégoûtant, ich meine ... einfach ... widerwärtig." Philipp, der wohlweislich die Klappe hielt, schämte sich tatsächlich ein wenig, Sokrates guckte stoisch aus dem Fenster, bis er – mit dem Finger auf die Fensterscheibe stippend – erleichtert sagte: „Ah, da sind wir", als ob er „Heureka" sagen wollte, weil ihm plötzlich eine philosophische Erkenntnis gekommen war.

Auch die Gewerkschaft residierte in einem Glaspalast, der ihr allerdings nicht mehr gehörte. Weil sie zuletzt oft und für lange Zeit Streikgehälter zahlen musste, war sie überschuldet und hatte ihr Gebäude an ein Bankenkonsortium, also an den Teufel, verkauft und zahlte nun eine extrem hohe Miete. Wann die Streikkasse endgültig leer war, und die Gewerkschaftsführung gegenüber der Troika wahrscheinlich einknicken würde, hatte Philipp genau ausgerechnet. Leider war dieser nicht mehr allzu weit entfernte

Termin an diesem Morgen überall in den Zeitungen nachzulesen gewesen. Inklusive Philipps Kommentar am Seitenrand: „*Ready to kill.*"

Über den feindseligen Empfang wunderte sich Philipp deswegen nicht wirklich. Ob das Angebot des Gewerkschaftschefs vom vergangenen Abend noch galt? Einen Posten im Aufsichtsrat für die Arbeitnehmerseite eines bekannten Milliardenkonzerns zu übernehmen, der ihm ein jährliches Einkommen von mehreren hunderttausend Pfund einbringen würde? Was ihm aber natürlich im Gefängnis nichts nutzen würde. Denn einige Jahre hinter Gittern drohten ihm bestimmt, wenn er so offensichtlich seine Macht verkaufte. Solche Geschichten kamen immer heraus. Auch Jahre später. Sollte er die Monarchie retten wollen, müsste er äußerst geschickt vorgehen und einen detaillierten Schlachtplan mit allen Eventualitäten entwickeln.

Der Besuch bei den wütenden, aber gerade deswegen leicht auszurechnenden Gewerkschaftern schien im Vergleich dazu ein Kinderspiel. Vor allem, weil er dieses Mal nicht in der Schusslinie stand, sondern sein die Melodramatik liebender französischer Kollege. Sich noch einmal nervös die Karteikarten für seine Präsentation durchlesend wie einen Rollentext seines Laientheaters vor der Premiere, hielt sich François im Foyer noch etwas abseits von seinen Kollegen und unterstrich Wörter, die er betonen wollte.

Eine schlecht gelaunte Schülerpraktikantin, kaum 15 Jahre alt, schätzte Philipp, führte sie wenig später in einem kleinen Raum im Erdgeschoss mit nur einem Fenster. Da er gerade renoviert wurde, ähnelte er einer Baustelle. Seit Tagen war definitiv nicht gelüftet worden, es stank bestialisch nach Farbe und faulen Eiern, überall lag noch Plastikmüll herum. Eine heuchlerische Entschuldigung für das Chaos wurde nicht offeriert, Gebäck und Häppchen auch nicht, nur Leitungswasser mit Chlorgeschmack. Pfui, Teufel.

„Die Gewerkschaften und ihre Arbeiter sind das Rückgrat der britischen Wirtschaft", scheute sich Percy, der kurz vor Beginn der Präsentation wieder zu ihnen gestoßen war, trotzdem nicht in feierlichem Tonfall zu sagen, obwohl die obersten Bosse die Stellvertreter ihrer Stellvertreter geschickt hatten. In einer Geschwindigkeit wie ein Bankräuber auf der Flucht führte François sodann, ob aus Angst oder wegen des wirklich mörderischen Gestanks, durch die Pläne der Troika und wischte sich immer wieder mit dem mittlerweile sicherlich klatschnassen Taschentuch über die Stirn: die Steuervorteile für die Arbeiter und die Gesundheitsleistungen sollten komplett gestrichen werden, die Rentenbezüge um 30 Prozent gekürzt und alle Arbeitnehmer nun bis 70 arbeiten, egal ob sie seit ihrem fünfzehnten Lebensjahr Steine geklopft hatten oder im Büro herumsaßen.

Im Gegensatz zu den hitzigen Finanztypen reagierten die Gewerkschafter mit eisigem, fast vornehmen Schweigen und gespieltem Desinteresse. François sparte sich deswegen einige Zitate von berühmten englischen und französischen Philosophen, die eigentlich das Sahnestück seines Vortrags sein sollten. Philipp hatte fast Mitleid mit dem guten Franz, dessen Verneigung nach seinem Auftritt sehr schüchtern ausfiel. Als er sich wieder neben Philipp setzte, stolperte er beinahe über eine Kabeltrommel: Erschöpft wie nach der Bergetappe L'Alpe d'Huez der Tour de France.

Eine Fragerunde kam nicht zustande, weil die Gewerkschafter sofort den Raum verlassen hatten und so saßen die Troikaner, Franzi und dieses Mal auch Percy kurze Zeit später wieder in ihrem trotz der Kälte klimatisierten Kleinbus, der sie nun nach und nach zu Hause abliefern sollte. Die Stimmung war gar nicht einmal so schlecht. Still ruht der See, die Vöglein schlafen. Sokrates döste, François gönnte sich ein Spielchen, Franzi hielt ihr hübsches Mündchen, was sich in ihrem intelligenten Köpfchen tat, sah man ihr nicht an. Percy guckte melancholisch aus dem Fenster. Endlich Ruhe, dachte Philipp und träumte vom ersten Sex mit Philippa. Nicht nur, weil er unglaublich Lust darauf hatte, sondern auch, weil er ihr beweisen wollte, dass er dazu physisch in der Lage war.

„Wir brauchen bis Ende der Woche 4 Milliarden Pfund", sagte Percy plötzlich und weckte Phillip aus seiner Beschaulichkeit. Der Satz explodierte in ihrer still dahin rollenden Idylle wie eine Bombe.

„Sonst droht die endgültige Zahlungsunfähigkeit des Königreiches", fügte der Percy hinzu. „Und was das bedeutet, dürfte jedem klar sein."

„Wieso wussten wir bisher nichts davon?", entrüstete sich Sokrates.

„Eine Staatsanleihe wird fällig, die wir leider übersehen haben."

„Wie kann das denn passieren?"

„Der unentschuldbare Fehler eines unseres besten

Beamten. Er wurde dafür in den Ruhestand geschickt."

„Schön für ihn. Und wie sollen wir eine solch hohe Summe so kurzfristig auftreiben?"

François war geistig immer noch abwesend. Franzi hielt sich zurück. Percy hatte vermutlich schon eine Idee, denn trotz dieser Horrornachricht schien er die Ruhe wegzuhaben. Was hatte der Abgesandte der britischen Regierung nur vor?

„Lasst uns das morgen früh besprechen, wir sind doch alle müde", gähnte Franzi, die ihre Rolle als Moderatorin und Mutter der Kompanie wirklich gut spielte. Percy ignorierte ihren Vorschlag und ließ die Diskussion weiterlaufen. „Genau für solche Fälle haben wir Notfallpläne entwickelt, oder nicht?"

„Naja, theoretisch schon", pflichtete Philipp ihr bei.

„Aber in ein paar Tagen so viel Geld aufzutreiben, ist praktisch unmöglich".

„Nicht ohne Blut zu vergießen."

„Du immer mit deinen Kriegsmetaphern. Nichts ist unmöglich."

„Ja, das stimmt", sagte Philipp lahm.

„Think out of the box!"

„Und nicht nur du, Philipp. Ihr anderen bitte auch. Bis morgen früh, verstanden?"

Die Herren nickten. *Again.* Sogar François, der erschrocken und mit angestrengten Augen von seinem Handy aufblickte und bestimmt noch in seiner Phantasiewelt lebte. Wie kam Franzi eigentlich dazu, so das

Ruder an sich zu reißen? Ganz schön frech. Etwas hatte sie in der Hinterhand. Doch irgendwie gefiel ihm diese zupackende Franzi. Einen stressigen Tag mit einem heißen Bad zu beenden nicht minder.

Eine völlig neue feminine Seite an ihm, wie Phillip fand, ausgesprochen männlich war sie jedenfalls nicht. Als er in seine Suite zurückkam, gab er dem Wunsch umgehend nach und bestellte sich außerdem einen Gin & Tonic. Welche Wonne, völlig *relaxed* in der freistehenden Wanne mit den schönen Löwenfüßen zu liegen, auch wenn deren E-mail schon arg abgeplatzt war. Seufzend und mit sich zufrieden platzierte er sein Notizbuch und seinen Drink auf dem dafür vorgesehenen verschiebbaren Tablett. Der Duft des Rosenwassers, der einzige Badezusatz, den er auf die Schnelle gefunden hatte, stieg ihm in die Nase. Seine Lippen, schon nach kurzer Zeit mit einem Schweißfilm belegt, berührten die Eiswürfel, und der mit Chinin gemischte bläulich schimmernde Alkohol rann ihm erfrischend die Kehle hinunter. Half nicht nur gegen Malaria, sondern vielleicht auch gegen Bauchweh.

Also, was hatte er morgen zu erledigen? Vier Milliarden Pfund besorgen. *No trouble at all.* Rote Socken kaufen. Zum Arzt gehen. Seinen Bankberater anrufen. *No way.* Er eliminierte diesen Punkt so vehement auf seiner Liste, dass sein Kugelschreiber ein Loch ins Papier riss. Viel wichtiger: Alasdair entlassen, notierte er stattdessen und unterstrich den Namen seines Fahrers dreimal. Was nur ein Psychotrick war, denn natürlich wusste Philipp, was er zu tun hatte, wenn er morgen ein letztes Mal in dessen Auto stieg. Ein wirklich letztes Mal. Eine Kündigung per SMS kam ihm einfach zu schäbig vor.

Nach dem ersten Meeting bei der Industrievereinigung hatte er Alasdair den Rest des Tages frei gegeben und ihn gebeten, morgen früh zur gleichen Zeit wieder vor dem Club zu stehen. Mit Spikes für seine Budapester und seinem gestern Abend versteckten Kamelhaarmantel, den sein Chauffeur hoffentlich an der ihm genau bezeichneten Stelle wiedergefunden haben würde. Das kostbare Stück. Die Socken waren Chefsache.

Philipp schob den Tisch ans andere Ende der Wanne und stieg weichgekocht, mit schrumpeligen Fingerkuppen und mit wackeligen Beinen aus dem immer noch heißen Wasser. Sein Bademantel hing an einem halb herausgerissenen Haken an der Wand, er streifte ihn über und öffnete die Tür zum Arbeits- und Wohnzimmer.

Auf seinem Schreibtisch lag ein unverschämt großes, rotes Paket mit einer weißen Schleife und einer Karte. Haha. Er sollte öfters ins Bad und wieder rausgehen. Erst wartete zum Frühstück ein formidables *Full Scottish Breakfast* als Überraschung auf ihn und nun ein Geschenk von Philippa. Oder von wem konnte es sonst sein?

9

Jetzt wusste Philipp, was Franzi mit ihrem Hinweis auf ihr spartanisches Büro meinte. Als er aus dem mollig warmen rosa Taxi in die Kälte stieg, überkam ihn nicht nur aufgrund der klimatischen Bedingungen ein Frösteln: Das *Headquarter* der Troika befand sich nicht in Mayfair, Belgravia, Kensington oder – gerade noch annehmbar – in Notting Hill, sondern in einem Betonbau aus den sechziger Jahren, mitten in *Tower Hamlets*, dem Neukölln Londons. Einem Stadtteil in dem die Urinale in der Toilette im Rathaus einem Fußwaschbecken für Muslime gewichen waren. So stand es zumindest im *Spectator*. Sogar der hartgesottene Alasdair hatte sich höflich, aber bestimmt geweigert, mit seinem nagelneuen Porsche dort hinzufahren und den ganzen Tag auf ihn vor dem Gebäude zu warten. „*Not without a* sgian subh", lautete sein Kommentar. Was auch immer dies sein sollte. „Cya tomorrow", hatte Alasdair noch gemurmelt und Philipp konnte damit wenigstens einen Punkt seiner to-do-list für diesen Tag streichen: Alasdair zurück in die schottischen Highlands zu schicken, übertragen gesprochen, denn natürlich würde der Gute sich aus London nicht fortbewegen.

Schon als Philipp vor dem riesigen Klingelschild mit bestimmt 100 Namen im Eingangsbereich des Gebäudes stand und nach einem Hinweis suchte, in welches Stockwerk er sich begeben musste, erfasste ihn nicht nur gelindes Grausen. *Nothing*. Schicksalsergeben begann er deshalb – vorsichtig die einen Spalt offenstehende Haustür öffnend und in der Hoffnung, niemanden zu begegnen – seinen Aufstieg. Mit leichtem Bauchgrimmen, das sich Stufe für Stufe steigerte. Was war denn nun schon wieder los? Dass er aus heiterem Himmel Magenkrämpfe bekam, daran hatte er sich schon gewöhnt. Meist jedoch konnte er seinem Leiden irgendeinen mehr oder weniger ernst zu nehmenden Grund zuschreiben. Eine mündliche Prüfung etwa. Aber dass er nun wieder so sehr vor Schmerzen schwitzte, erschien ihm rätselhaft. Nur wegen eines Plattenbaus in einem Terroristenviertel? Oh Gott, wie sahen ihre Büros bloß aus? Ein repräsentatives *Corner-Office* mit bequemer Couch, wo er sich im Liegen ein Heizkissen auf den Bauch legen konnte – damit war wohl nicht zu rechnen. Diese Art von Austerität hatte er sich wahrlich nicht vorgestellt.

Er tastete vorsichtig seinen Magen ab und verzog das Gesicht vor Schmerzen. Direkt nach getaner Arbeit würde er endlich seinen in Heidelberg ausgebildeten, russischen Arzt aufsuchen, Dr. Igor Rasputin. Ausreden durfte es keine mehr geben. Bis dahin gab es noch viel zu tun. Reiß dich zusammen, Philipp! Um 7.30 Uhr, also in zehn Minuten, wollten sich Sokrates, François und Franzi in ihrem neuen Büro treffen, um das weitere Vorgehen zu besprechen und das britische Team kennenzulernen, das sie bei ihrer Arbeit unterstützen sollte. Allesamt Absolventen von „Oxbridge", hatte die britische Regierung versprochen. „Sie sind die schlauesten Absolventen ihrer Jahrgänge, die besten, die England zu bieten hat. Und absolut fair und repräsentativ ausgewählt." Philipp schwante Übles. Und warum war niemand von seiner alten Uni dabei? Schließlich konnte man in St. Andrews nicht nur Golf spielen. Eine eindeutige Diskriminierung. Diese angeblichen *Super Brains* konnten ihm sicherlich aber auch nicht dabei helfen, herauszukriegen, was sein Freund Mowgli aushecke. Oder die Nummer von Philippa zu besorgen. Oder Geld für Wilhelm Mbutu aufzutreiben, der zwischendurch – auf der siebten Etage, als Philipp gerade eine Atempause einlegte – ein Bild des Fußballspielers David Alaba geschickt und gefragt hatte, ob nun sein Vater oder seine Mutter von den Philippinnen kam. Geschweige denn für ihn selbst. Für Philipp, der ein Königreich retten wollte und für sein eigenes nicht einmal ein Pferd auftreiben konnte. Übertragen gesprochen. Seufzend Wilhelms Post wegklickend, beschloss Philipp, die einfachen Hindernisse zuerst aus dem Weg zu räumen. Vor dem Arztbesuch wollte er sich ein Paar rote Socken kaufen. Und sich vielleicht eine neue Krawatte gönnen. Eventuell sogar einen neuen Anzug. Ohne Loch in der Innentasche. Noch so eine Panne wie mit dem verschwundenen USB-Stick durfte ihm echt nicht mehr passieren. Und im Taxi zurück ins Paradies, seinem Club, würde er noch seinen Bankberater anrufen. Abtauchen war schließlich auch keine Lösung. Er musste ihm einfach sagen, dass er auf eine größere Summe Geld warte, die seine finanzielle Situation zumindest wieder auf tönerne Füße stellen würde. Wenn auch nicht auf eiserne Löwenfüße.

Wo befand sich nur das Büro der Troika? Im obersten Stockwerk angelangt, war er bislang nur an Türen mit Namensschildern vorbeigelaufen, an denen er nicht unbedingt klingeln wollte. Plötzlich öffnete sich die Tür rechts neben ihm, und François begrüßte ihn mit einer einladenden Geste. Der alte Schauspieler.

Wie ein Musketier. Es fehlte nur, dass er den Federhut schwenkte.

„Aah, Philippe. Guten Morgen. Komm herein, ich wollte gerade noch eine Zigarette rauchen, bevor es losgeht", sagte der Franzose und eilte die Treppe hinunter, wobei er fast über seine zu lange Cordhose stolperte.

„Bonjour, François", sagte Philipp noch und betrat widerwillig den mit Linoleum ausgelegten Flur. Wenn es jetzt noch eines Beweises bedurfte, dass die Troika nicht willkommen war: *There it was.* Es stank nach billigem Putzzeugs statt edler Parkettpolitur, anstelle eines schönen Chippendale-Aktenschranks stand ein gebrauchtes Ikea-Regal im Flur. An der Wand hing kein prächtiges Gemälde einer berühmten Seeschlacht, sondern ein Plakat der britischen Rockband *The Who*. Wo befand sich nur die Toilette?

„Welcome to your kingdom", sagte ein junger Mann und streckte Philipp die Hand entgegen.

„Freddy Foks, angenehm. Ich bin hier das Mädchen für alles"

„Nice to meet you."

„Die Wohnung ist nur ein Provisorium", sagte Foks, ein großer Typ im braunen Anzug, braunen Hemd und mit brauner Krawatte. Ein menschliches Erdmännchen.

„Sie gehört einem Finanzbeamten, der sie freundlicherweise kurzfristig zu Verfügung gestellt hat."

„Scheint ja Karriere gemacht zu haben, der Mann", entgegnete Philipp.

„Doch, doch, Sir. Die Wohnung ist ein gutes Geschäft, da die Stadt normalerweise die Miete übernimmt." Warum schniefte der Junge so? Er hatte bestimmt eine Stauballergie.

„In ein paar Wochen werden wir hoffentlich in ein...", Foks suchte nach Worten, „in ein Büro ziehen, wo es sich angenehmer arbeiten lässt."

„Passt schon", sagte Philipp und nahm sich vor, einfach so viel es ging von seinem Club aus zu erledigen. *To hell with the real life.* Er hatte genug gesehen.

And back to good life.

„Die anderen warten schon im Konferenzraum. Wollen Sie mir folgen, Sir?", sagte Freddy etwas zu unterwürfig und zeigte mit ausgestrecktem Arm den Gang entlang. Nein, wollte Philipp wirklich nicht, aber er musste. Aus dem Raum drang schon die aufgeregte Stimme von Franzi, die auf jemanden einredete. Als er eintrat, sah Philipp auf wen: Was machte Percy denn schon wieder hier? Er war schließlich ein Abgesandter der Regierung, die Philipp bei all seiner patriotischen Liebe zu England als natürlichen Gegner der drohenden Reformen ansah.

Ohne Philipp allzu viel Freundlichkeit entgegenzubringen, zeigte Franzi nur auf einen leeren Stuhl neben Sokrates und François. Voilà, da war er. Wie hatte es der nach kaltem Rauch riechende *Gaulois* nur unbemerkt an ihm vorbei geschafft? Er war wirklich ein Phantom. Philipp schaute sich um und nickte seinen beiden Kollegen zu. Er roch es, er fühlte es, er hörte es knistern: Irgendwie lag Spannung in der stickigen Luft.

„Na, was habt ihr gestern Abend noch gemacht?", fragte Philipp, der diese Art Stille nicht ausstehen konnte.

„Ich habe mit meiner Tochter geskyped – sie bekommt bald ein Kind", erzählte François, „und dann habe ich noch ein bisschen gelesen...in Montaignes ‚Essais', wenn du es genau wissen willst, sehr empfehlenswert, auch für deutsche Grünschnäbel... und..."

„...sehr schön, und du, Sokrates?"

„Ich, äh, habe eigentlich nichts gemacht."

„Wie nichts?"

„Nichts. Erst war ich noch bisschen spazieren und dann habe ich geglotzt. Eine von diesen merkwürdigen BBC-Serien, die ein Südeuropäer niemals verstehen wird. Und du?"

„Ich lag in der Badewanne mit Rosenwasser und habe mich betrunken."

Wie gerne würde er wieder zurück in seine Wanne. Die Panoramafenster boten zwar einen beeindruckenden Blick über London, aber den falschen, hässlichen Teil. Der Winter hatte die Stadt fest im Griff. Wie Puderzucker, nein, wie Koks, hatte sich der Schnee auf die Dächer der Stadt gesetzt. Kein gering zu achtender Kontrast zu der kargen Einrichtung dieses sogenannten Konferenzraums, dachte Philipp ergeben, in dessen Mitte ein großer langer Tisch mit einer grünen, zerkratzten Platte stand. Eine Flucht würde nicht leicht möglich sein mit den darum herum gestellten Stühlen, die direkt an der Wand standen. Ein Stuhl nahe an der Tür war jedenfalls empfehlenswert. Immerhin, auf dem Tisch standen Keramikschalen mit Gummibärchen, die hatte bestimmt Franzi mitgebracht. Und in der hintersten rechten Ecke, da vegetierte eine Palme vor sich hin. Die war im Grunde weniger zum Lachen als die High Potentials, die neben Franzi und Percy Platz genommen hatten und wie einem Bewerbungsvideo der *United Nations* entsprungen schienen und per Algorithmus ausgewählt worden waren, damit ja niemand diskriminiert würde. Die Palme sah aus, wie sie war, und stammte wahrscheinlich aus einem guten alten Gewächshaus. Während ihm die Experten aus aller Welt viel zu unbeteiligt und zu leidenschaftslos vorkamen.

Er entdeckte einen asiatisch aussehenden Mann mit sonderbar verwachsener Figur, eine dünne schwarze Frau, die ihre Haare wahrscheinlich mit einer Glättungsmaschine traktiert hatte, sowie einen Weißen mit rötlichem Haar und gezupften Augenbrauen, der mit dicken Fingern seine roten Ohren massierte, aber in einem erstaunlich gut geschnittenen Anzug steckte. Er spürte Franzis eindringlichen Blick. Wie gut, dass sie ihn aus seinen politisch unkorrekten Gedanken riss.

„Good morning, everybody. Ich komme gleich zum Punkt: Wir haben zwei *big topics*", sagte sie mit bestimmendem Ton. Dass er das Klirren in ihrer Stimme noch nie gehört hatte! Jetzt klang es wie Metall.

„Erstens: Wir brauchen immer noch so schnell es geht vier Milliarden Pfund."

„Percy ist schon im Gespräch mit dem Schatzkanzler und hat durchblicken lassen, dass wir uns seines ewigen Dankes gewiss sein können, wenn uns die Lösung einfiele."

„Nicht wahr, Percy?"

Percy nickte.

„Absolutely"

„Zweitens: Die Regierung will jetzt sicher übermorgen ein Gesetz zur Abschaffung der Monarchie ins Parlament einbringen."

„Und dagegen ist nichts mehr zu unternehmen", sagte Franzi und blickte Philipp an. Das waren ja schon Ketten, die sie rasseln ließ.

„Was heißt das genau?", fragte Philipp freundlich, der seinen offenen Widerstand aufgeben hatte und lieber im Hintergrund das Vorhaben sabotieren wollte.

Monarchyyyyyy to rescue.

„Kurz gesagt: Der Premierminister, respektive die Regierung, entzieht allen ihre finanziellen und politischen Privilegien."

Nun wurde ihm doch schwindelig.

Das arme England.

Die arme Philippa.

Und der arme Philipp erst.

François, der Republikaner, konnte sich ein zustimmendes Lächeln nicht verkneifen, Sokrates spielte desinteressiert mit seinem Handy herum. Oder nahm er womöglich schon Kontakt mit dem Blogger auf, der die Reformen der Troika verraten hatte? Der Reporter des Guardian hatte in der Tat Philipps Misstrauen geweckt. Philipp versuchte auf Sokrates' Telefon zu schielen. Zwecklos. Irgendwie musste er rausbekommen, was Sokrates plante. Sollte das noch geheime Vorhaben der britischen Regierung an die Öffentlichkeit gelangen, gäbe es kein Zurück mehr: Die Briten würden der Regierung das erste Mal seit Monaten zujubeln, so verhasst die Monarchie gerade war. Kein Premierminister der Welt könnte in dieser Situation nicht nach dem Willen des Volkes handeln.

„Ich schlage vor, dass sich jeder nun in sein Zimmer einschließt und in seinen Bereichen nach Geld sucht, dass man schnell flüssigmachen kann", ergriff Philipp das Wort, um sein *Commitment* zu verdeutlichen.

„Gut, dass du das ähnlich siehst", sagte Franzi.

„Was anderes bleibt uns nicht übrig, genau."

„Kann man das Geld aus dem Rettungsfonds der Institutionen nicht vorziehen?", fragte Sokrates.

„Leider nicht, erst wenn die britische Regierung Gesetze mit Reformen beschlossen hat", antwortete Franzi. „Geht also die Budgets der von euch betreuten Ministerien und Behörden noch mal durch und streicht, so viel es geht."

„Nichts ist heilig", sagte Franzi und rauschte aus dem Raum. Ein perfekt inszenierter, radikal schneller Auftritt, der keine Diskussion ermöglichte. Percy folgte ihr, legte kollegial seinen Arm um sie, und die beiden begannen wieder zu wispern. Dazu steckten sie die Köpfe zusammen, wie Philipp gerade noch erkannte, als die Tür hinten ihnen zufiel. Kosten drücken? Nichts lieber als das, dachte Philipp. Nun konnte er endlich zeigen, was in ihm steckte. Der Spitzname „Rasenmäher" heftete ihm seit seinen

Bankzeiten nicht umsonst an. Sein Anflug von Skrupel war wie weggeblasen. Seine beiden Aufgabengebiete – das Arbeits- und Sozialministerium sowie das Verteidigungsministerium – stellten die größten Posten im Haushalt Englands dar. Da ließen sich doch ein paar Milliarden Pfund finden. Oder nicht? Schnell und motiviert, so dass er fast seinen Stuhl umschmiss, stand Philipp auf, rief ein „Wir schaffen das" in die erstaunte Runde, schnappte sich den asiatischen Kollegen, der am aufgewecktesten aussah, und zog ihn in sein Zimmer ein paar Meter weiter.

„So, du bist also jetzt mein Assistent?", fragte Philipp und bemühte sich, sein Gegenüber nicht allzu scharf zu mustern.

„Yes, ich bin Tom, nice to meet you", antwortete dieser immerhin in einem glasklar britischen, direkt aus Hongkong importierten Englisch, und reichte Philipp seinen kurzen Lebenslauf über den Tisch. Tom hatte ein ausgesprochen hübsches schmales Gesicht, einen im Verhältnis dazu viel zu dicken Bauch, seine Beine hingegen sahen wie die einer Gazelle aus. Mit seiner interessanten Silhouette hätte er glatt in einem Schattenspiel teilnehmen können. Eine wandelnde Karikatur mit hohem IQ. Ein Herrenschneider würde es schwer mit ihm haben und müsste all seine Fähigkeiten einsetzen.

„Excellent", sagte Philipp, nachdem er drei Sekunden auf die Klarsichthülle geguckt hatte.

„Wir nehmen uns jetzt die Finanzpläne der Ministerien vor. Und heute Abend werfen wir die Zahlen zusammen."

Tom runzelte ungläubig die Stirn.

„Es gibt ja schon Szenarien zum Sparen", sagte Philipp. „Das ist nicht mehr viel Arbeit. Wir müssen the Worst Case einfach verdoppeln."

„Kann mal jemand Kaffee machen?", schrie Philipp, komplementierte Tom aus seinem Büro, setzte sich hinter seinen Schreibtisch und klappte seinen Laptop auf, als eine Nachricht von Wilhelm Mbutu bei WhatsApp aufploppte. Der Kleine war ja ständig online. Am liebsten hätte Philipp das rote Paket, das gestern Abend auf seinem Schreibtisch lag, direkt an sein Patenkind und seine Familie weitergeschickt. Wegen einer solchen Korruptionsaffäre zu stolpern, wäre aber mehr als unnötig und so hatte Philipp die bestimmt fünf Kilogramm vakuumverpackten Corned-Beef-Puffer an den Portier weitergegeben und *Return to sender* gesagt. Wenn er sich schon bestechen ließe, dann nicht, um die Finanzindustriellen und ihren Boss Oliver Winters, die sowieso schon genug Geld in der Schweiz lagerten, noch reicher zu machen.

„Ich bin in Liebe Philipp", schrieb Wilhelm Mbutu.

„Toll. Du meinst verliebt? In wen denn?"

„Ein Mädchen von meiner Schule"

„Wie heißt sie denn?"

„Malou."

„Ein schöner Name."

„Und geht Ihr jetzt miteinander?

„??????"

„Haltet Ihr Händchen vor anderen?"

„Ja"

„Und kennt deine Mutter sie schon?"

„Nein, Haus ist immer noch kaputt."

„Du willst nicht, dass sie zu dir nach Hause kommt?"

„Richtiiiig", schrieb Mbutu, und Philipp brach fast das Herz.

Was sollte er machen? Er war zu tief im Dispo, um für die Renovierung noch einmal mehrere Tausend Euros zu schicken. Er brauchte erst den Scheck des Währungsfonds.

„Ich benötige noch etwas Zeit", antwortete Philipp. „Dann schicke ich euch Geld, damit ihr euer Haus wieder hübsch machen könnt."

„Danke, Philipp", schrieb Mbutu und sendete ein Kuss-Smiley hinterher. Dann war er offline.

Und Philipp konnte sich nun endlich seiner eigentlichen Aufgabe widmen. Seine turbokapitalistische, neoliberale Stimmung war jedoch verflogen. Immer, wenn er mit Mbutu Kontakt hatte, drohte er, in sozialromantische Träume zu verfallen und wollte die ganze Welt vor Ungerechtigkeiten retten. Aber alles zu seiner Zeit. *First things first.* Seufzend holte Philipp die kleine tragbare Bose-Stereoanlage aus seiner Aktentasche und stellte sie auf seinen Schreibtisch, stöpselte seinen iPod an und drückte auf Play: „Hornkonzerte-Mozart-Herbie-Karajan". Herrlich. Er drehte die Heizung auf *full power* und kramte aus seiner Tasche ein bisschen Weihnachtsdeko hervor, die er aus seinem Club gestohlen hatte. Tannenzapfen aus Plastik, Tannenzweige aus Plastik und die heiligen drei Könige aus Plastik. Dazwischen drapierte er eine kleine Lichterkette mit roten Lämpchen. *Trashy, but Christmassy.* Erst dann öffnete er die Excel-Datei, gab das Passwort ein und begann die Tabelle mit tausenden Zeilen nach einzelnen rot markierten Posten zu durchforsten.

Die Farbe rot signalisierte: Nur im absoluten Notfall rangehen. Aber was sollte er machen? Er strich das Weihnachts- und Urlaubsgeld aller Beamten seiner beiden Ministerien und das der 40.000 Mitarbeiter der Arbeitsagenturen. Auch die Soldaten mussten ohne Zusatzgratifikationen auskommen und das eigentlich dringende Update für das X785-Gewehr konnte man ebenfalls um ein Jahr verschieben. Das Arbeitsministerium wies noch Rücklagen von mehreren hundert Millionen Pfund auf, die eigentlich für Fortbildungsmaßnahmen für Arbeitslose gedacht waren, aber theoretisch auch für etwas anderes ausgegeben werden konnten, sofern die Regierung ihren Segen dafür gab. Alle Behörden mussten für die nächsten zwei Jahre außerdem auf jegliche Erneuerung ihrer IT-Ausstattung verzichten. Dazu rechnete Philipp noch viele weitere Kürzungen, allesamt jedoch jeweils nicht mehr als ein paar Millionen Pfund groß. Nach guten vier Stunden war er mit seinem Werk fertig und drückte auf „addieren". In freudiger Erwartung. *Shit.* Damit hätte er nicht gerechnet. Alles in allem kam Philipp gerade mal auf maximal eine Milliarde Pfund an Einsparpotential. Viel zu wenig. Seine beiden Troika-Kollegen würden nämlich wahrscheinlich nicht die restlichen drei Milliarden Pfund in ihren Ministerien zusammenkratzen. Und wenn sein

Freund Anthony, der *PM*, seine Vorschläge genehmigte, konnte er sich auch gleich erschießen. Wütende Demonstrationen wären die Folge und die eigenen Regierungsmitarbeiter würden wahrscheinlich die weitere Gefolgschaft verweigern, die Tony für den weiteren Prozess unbedingt bei der Stange halten musste. Was nun?

„Na, wie läuft's?", sagte Franzi und steckte ihren Kopf und einen Arm mit einem dampfenden Becher Tee in der Hand durch die Tür. Sie sah blass aus. Bis auf ihre roten Wangen, wahrscheinlich war sie gerade draußen gewesen.

„Kleine Pause?"

„Gerne, die brauche ich auch!"

„Warst du beim Arzt?"

„Gehe gleich nach der Arbeit."

„Gut."

„Sorry, dass ich dich vorhin gar nicht richtig begrüßt habe."

„No prob."

„War echt im Stress...und bin manchmal echt nicht sicher, ob ich all dem gewachsen bin."

„Du machst das super", log Philipp. Obwohl? Eigentlich hatte Franzi ihn und seine Kollegen fest im Griff. Viel besser als er sich selbst wahrscheinlich. „Danke dir. Sehr nett. Percy geht mir allerdings schwer auf die Nerven", sagte Franzi und setzte sich auf die Ecke von Philipps Schreibtisch.

„Ich dachte, ihr versteht euch so gut?"

„Ich versuche nur, ihn in Schach zu halten."

„Wieso?"

„Irgendwie spielt er falsch. Er stellt immer so komische Fragen. So ganz nebenbei."

„Er muss eben seiner Regierung Bericht erstatten."

„Das ist es nicht. Er hat eine eigene Agenda."

„Aber welche?"

„Das weiß ich noch nicht", sagte Franzi und verschwand eilig durch die Tür. Drei Sekunden später steckte sie wieder ihren Kopf in sein Zimmer:

„Wie viel hast du bis jetzt zusammen?"

„Ne Milliarde", sagte Philipp.

„Maximal."

„Fucki di Fuck", sagte Franzi, die er zuvor noch nie hatte fluchen hören und knallte die Tür hinter sich zu.

Das konnte sie echt laut sagen. Mal schauen, was Tom zustande brachte. Bis sein Assistent ihm in einer halben Stunde seine Zahlen präsentieren würde, wollte Philipp sich aber noch um die wahrhaft wichtigen Probleme kümmern und erste Maßnahmen einleiten. Er schrieb Mowgli via WhatsApp und bat um ein Treffen. *What's your plan, my friend?* Er guckte bei Facebook nach Events für die nächsten Tage, wo er Philippa zufällig treffen könnte. Perfekt! Henry, ein alter Saufkumpan, lud morgen zu seiner „Living Gallery" ein, das heißt in sein Wohnzimmer, wo seine kokainsüchtige Freundin ihre neuesten Kreationen zeigen konnte. Philipp nahm zumindest an, dass sie Drogen nahm, anders konnte er sich ihre Werke nicht erklären.

So etwas würde Philippa sicherlich gefallen. Er klickte auf „attending" und hoffte, dass sie, welchen Namen sie auch immer bei Facebook benutzte, dies bemerkte. Wenige Sekunden später bekam er für seine Anwesenheitsbekundung ein „Like" von „Margaret Win S or". War das etwa Philippa, die ihren zweiten Vornamen benutzte? Hinter dem Account steckte auf jeden Fall jemand, mit dem er fast 200 gemeinsame Facebook-Freunde hatte. Darunter war auch sein Kumpel Prince Louis, der Vetter Philippas. *But who knows?* Vielleicht war „Margaret" auch einfach eines dieser Society Girls, die auf tausenden Hochzeiten, Vernissagen und Partys tanzten und der vielleicht einfach nur Philipps Facebook-Foto gefiel.

Was sollte Philipp Philippa überhaupt sagen, wenn das Gespräch nach dem sicherlich erst heftig stattfindenden Süßholzraspeln auf die Zukunft der Monarchie, also auf die Zukunft ihrer Familie zu sprechen käme? Wenn sein blonder vielleicht etwas zu nymphomanischer Engel überhaupt auf der Party erscheinen würde. Wenn er Pech hatte, wüsste Philippa es aber auch schon: Sollte Sokrates der Verräter der Geheimnisse sein, wäre die Headline der Sun morgen früh klar: *„Death comes to Monarchy"*, oder so etwas Ähnliches. Irgendwie musste Philipp an Sokrates Handy kommen, der damit bestimmt mit dem Reporter kommunizierte. Die Arme von sich streckend, stand Philipp auf, richtete seine Krawatte, zog seinen Blazer an, schaltete sein Handy aus, steckte das Ladegerät in seine Aktentasche und begab sich auf den Weg zu Sokrates' Büro.

Die Tür stand offen. Vor dem Griechen auf dem

Schreibtisch lagen diverse Unterlagen, dazu ein Geodreieck und ein Lineal. Wozu das denn? Innerhalb von wenigen Stunden hatte es Sokrates geschafft, seine Arbeitsfläche komplett voll zumüllen. Philipp entdeckte eine leere Nudelbox vom Vietnamesen. Vier leere Kaffeetassen. Einen Apfelbutzen. Mehrere Beutel Tee und eine Ausgabe der *Elle*. „So ernährt sich eine Ballerina. Eier, Hühnchen, Erdnussbutter", lautete der Titel.

„Sokrates, wie geht's? Holst du Dir Ernährungstipps?"

Sokrates schmunzelte und zog seine Mundwinkel fast bis zu seinen Ohren hoch. Seine Physiognomie war reich an Variationen, keiner aus der Truppe konnte so wunderbar grimassieren, alle hatten sie nur verschiedene *pokerfaces* programmiert.

„Ja, ich will meine Figur aus der Jugend zurück."

„Du bist richtig, wie du bist", sagte Philipp im Beste-Freundinnen-Ton und grinste breit. Dann räusperte er sich, bevor er sagte: „*Listen*, ich muss schnell mal telefonieren und mein Handy-Akku ist leer …. und ich habe mein Ladegerät vergessen…"

Ohne Nachfrage tippte Sokrates den Pin ein und reichte ihm das Mobiltelefon. Philipp nahm das Handy und ging in sein Zimmer zurück. Das ging zu einfach. Er öffnete das Postfach der SMS-Nachrichten und Sokrates E-Mail-Account, screente WhatsApp und fahndete nach anderen Kommunikationsprogrammen. Nichts. Sokrates hatte keine Nachrichten gespeichert. Nicht eine. Keine hellenischen Grüße an seine Familie auf Lesbos. Keine Schweinereien an die dicke Rezeptionistin aus Philipps Club. Das Handy war absolut *clean*. Zu clean für Philipps Geschmack. Er wartete noch ein paar Minuten, dann machte er sich wieder auf den Weg zu Sokrates. Im gesamten Büro herrschte Stille. Das einzige Geräusch, das Philipp vernahm, war das Tippen auf Tastaturen. Im Grunde ein herrliches Geräusch.

Sokrates wartete schon auf ihn, mit den Füßen auf seinem Schreibtisch und schaute ihn angriffslustig an.

„Sag mal, Philipp, was glaubst du eigentlich, wer die Unterlagen an den Blogger gegeben hat?"

Für ein paar Sekunden, die ihm wie Stunden vorkamen, stand Philipp da und wusste nicht, was er sagen sollte. War Sokrates tatsächlich unschuldig? Wie war der Journalist darauf gekommen, ihn zu verdächtigen? Oder war die Frage nur ein Ablenkungsmanöver und Teil seines Spiels?

„Du bist es nicht?", antwortete Philipp schließlich entwaffnend ehrlich und nicht wirklich strategisch.

„Nein, natürlich nicht. Wie kommst du denn darauf?"

„Irgend so ein Journalist hat mir das gesteckt."

„Mir sagte einer, du seiest es gewesen", sagte Sokrates.

„Vom Guardian?"

„Nein, Times. Er konnte mir aber keinen guten Grund nennen, und so dachte ich: ich frage dich einfach mal und gucke, wie du reagierst."

„Da versucht uns jemand gegeneinander auszuspielen."

„Anscheinend. Ja. So sieht es aus."

„Nur wer?"

Philipp bemerkte die immer noch offenstehende Tür von Sokrates' Büro, trat auf den Gang und schaute sich um. Nein, niemand da. Dann nahm er die Klinke in die Hand, schloss die Tür von innen und öffnete sie ein paar Sekunden später wieder mit einem Ruck. Niemand da. Gut.

Sokrates zog skeptisch seine Brauen nach oben und bewegte seine virtuosen Mundwinkel.

„Spinnst du, Philipp?"

„Naja, sicher ist sicher."

„Offenbar haben wir ja einen Verräter unter uns."

„Also, gehen wir mal strategisch vor: Wer alles hatte die Reformliste?"

„Du, ich, François, Franzi und Percy."

„Aber mit einem Klick ist die Mail weitergeleitet."

„Und?"

„Und der neue Empfänger kann sie weiterschicken, ohne dass der andere etwas merkt."

„Was willst du damit sagen?"

„Vielleicht haben Franzi oder Percy die Liste an einen Fachbeamten geschickt, um ihn nach Rat zu fragen."

„Und?"

„Dann könnte auch der Beamte die Liste an den Blogger gegeben haben."

„Ja, aber aus welchem Interesse?"

„Hass auf die Nation? Unzufriedenheit mit der Stelle?"

„Möglich, aber unwahrscheinlich. Gehen wir von Anfang an die Reihe durch."

„Okay", sagte Philipp und setzte sich mit angezogenen Beinen auf die breite Fensterbank. Jetzt fühlte er sich wie in einem Agentenfilm. Es fehlten nur noch ein grüner Chesterfield-Sessel, ein guter Drink, Zigarren und ein Ambiente wie beim Geheimdienstchef M bei James Bond.

„Also, was will Franzi?", sagte Sokrates.

„Franzi war es sicher nicht."

„Warum?"

„Weil ich sie kenne."

„Das ist kein Grund, und das weißt du, Philipp"

„Also, welche Motivation hat Franzi bei dem ganzen Projekt hier?"

„Sie will nur ihren Job gut machen, damit sie für höhere Aufgaben in Betracht kommt. Ehrgeiz als solcher ist erst einmal nicht kriminell. "

„Und was braucht sie dafür?"

„Uns. Dass wir harte Reformen vorschlagen und die britische Regierung bewegen, sie durchzuführen."

„Also hatte Franzi kein wirkliches Interesse daran, dass die Unterlagen vorab bekannt wurden und die Durchsetzung der Reformen schwieriger."

„Scheint so, ja."

„Oder hat Franzi einen heimlichen kommunistischen Lover?"

„Nicht dass ich wüsste, auch wenn sie manchmal Anflüge von Gutmenschentum hat und irgendwie doch ganz schön utopieanfällig ist."

„Dafür aber François."

„Einen kommunistischen Lover?"

„Nein, ein Herz für linke Politik. Für die armen Ausgebeuteten dieser furchtbaren Welt."

„Garantiert. Dem gehen unsere moderaten Vorschläge schon zu weit."

„Aber so weit, dass er seinen Job und seine Ehre riskieren würde und uns verraten gleich dazu?"

„Kann sein, muss aber nicht."

„Gut, dann bleibt er auf der Watchlist."

„Percy ganz sicher auch."

„Selbstredend."

„Und was ist mit dir, Sokrates?"

„Ich bin dafür, unsere Pläne umzusetzen. Außerdem will ich endlich wissen, ob mein Modell funktioniert."

„Ich auch, aber mich haben in den vergangenen vierundzwanzig Stunden nicht wenige Gentlemen versucht zu bestechen."

Nur die Krone nicht, dachte Philipp. Oh Philippa.

„Ich habe genug Geld", sagte Sokrates. „Erst vor zwei Wochen habe ich wegen der Scheidung mein Haus verkauft."

Aha, das erklärte den plötzlichen Vermögenszuwachs, von dem der Reporter gesprochen hatte.

„Ich auch, family money", sagte Philipp und dachte an den armen Wilhelm Mbutu, die Löcher in seinem Anzug und in seinen Budapestern, den sicherlich wütenden und nicht mehr lange geduldigen Bankberater und seinen tiefroten Dispo.

„Also bleiben François und Percy als Kandidaten."

„Und was machen wir jetzt?"

„Ich habe schon eine Idee", sagte Philipp, schwang sich elegant vom Fensterbrett herunter und lief schnurstracks zur Tür, die er wieder mit einem Ruck öffnete. Abermals guckte er sich um, wie ein Löwe auf der Suche nach Beute. Wieder niemand da, sofern nicht jemand eine Tarnkappe aufhatte. Dieses Mal vernahm er aber ein nicht zu überhörendes Geräusch. Ein Quietschen wie beim Schließen einer Tür.

„Da war jemand", flüsterte Philipp.

Auf dem Weg zurück in sein Büro holte Philipp seinen Assistenten zu sich. Sokrates und Philipp hatten absolutes Stillschweigen über die Operation *counter steak* verabredet. Philipp bestand darauf, der Jagd nach dem Verräter einen Namen zu geben und die Sache professionell anzugehen. Zuerst musste er sich ein neues Prepaid-Handy besorgen, damit niemand ihre Kommunikation mitlas. Wer auch immer ein Interesse daran hatte. Sokrates hatte schon vorher soweit gedacht und sowieso keine Nachrichten auf seinem offiziellen Mobiltelefon versendet, teilte er mit.

„Well, was hast Du ausgerechnet, Tom?", sagte Philipp gelangweilt, weil er nichts wirklich Gutes erwartete.

Tom saß vor seinem Schreibtisch und schien nicht die Spur nervös. Er holte tief Luft, dann spuckte er die Zahl aus:

„1,7 Milliarden Pfund kann man kurzfristig locker machen."

„Ich komme auf eine Milliarde. Mit Blutspur."

„Wieso hast Du so viel mehr?"

„Darf ich es Ihnen zeigen?"

„Ich bitte darum", sagte Philipp.

Nicht schlecht, der Junge, dachte Philipp, als Tom ihm seine Excel-Liste präsentierte. Er war noch viel skrupelloser als er selbst. Zwar hatte Tom ein paar schwerwiegende politische Folgen seiner Sparmaßnahmen nicht richtig eingeschätzt – Behinderten etwa durfte man nie Geld wegnehmen, sonst kocht die Volksseele – aber selbst wenn man diese Gruppe abzog, blieb eine Zahl von gut 1,5 Milliarden Pfund. Sogar den *Nationaltrust* hatte er nicht geschont, dieser Banause. Immerhin würde er mit diesem Ergebnis die Gunst von Franzi gewinnen, dachte Philipp, auch wenn die Summe bei weitem nicht reichte, um England vor der offiziellen Pleite zu retten. Er und dieser Knabe waren wirklich kein schlechtes Team.

„Nice job, man!", sagte Philipp also und klopfte Tom auf die Schulter, der sich sichtlich freute. So konnte er wenigstens *prepared for battle* in die Besprechung gehen, er fühlte sich erstaunlich gut, keine Magen- oder Darmprobleme. *Nothing.*

Die anderen warteten schon. Freddy Foks hatte den Konferenzraum mittlerweile ein bisschen netter gestaltet und weitere Poster von englischen Rockbands an die Wand gehängt, und daneben – welche Freude – zwei alte, gar nicht mal so schlechte Stiche vom House of Common und den Buckingham Palace, die er in einer Abstellkammer gefunden hatte, wie er stolz mitteilte. Auf dem Tisch stand nicht nur ein Adventskranz (*just for you, Philipp*), sondern auch ein Teller voll mit britischem Weihnachtsgebäck. Welsh Cookies mit Muskat und Zimt, irisches Früchtebrot mit Guinness und schottisches Shortbread. Und wunderbar duftender Tee stieg ihm in die Nase!

Beherzt griff Philipp zu und lud sich den Papierteller voll. „Mother, should I trust the government?", las er auf einem Poster von Pink Floyd, das an der Wand hinter Franzi hing. Gute Frage. „You could have it so much better", sprang ihm links von einem *Wallpaper* der Band Franz Ferdinand ins Auge. *Indeed. But somewhere else.* So gerne würde er jetzt mit Philippa zusammen sein. Irgendwo, wo es schön war. Schön englisch. Auf einem der Landsitze ihrer Familie im elisabethanischen Stil mit ausgedehntem Park und Garten etwa. Mit einem großen Teich zum Beispiel, den man später ohne Weiteres in einen gigantischen Pool umbauen könnte. Gerade nach Hause gekommen von der anstrengenden Fasanenjagd, würde sie ihm vor ihrer versammelten Familie einen Kuss auf die Wange geben und ihn loben, wie gut er heute geschossen hätte. Danach würden sie hoch in ihr Zimmer gehen, zusammen duschen und sich lieben. Zweimal. In Smoking und Abendkleid, sie ohne Höschen, säße man dann später mit ihren Eltern beim Dinner und Philippas Vater würde abermals auf ihn anstoßen: „To Philipp, again, the white knight, the man who saved our family."

„It was an honor", würde er antworten und...

„Philipp!"

„Ja, gleich..."

„Philiiiipp."

„Was denn? Stör uns doch nicht beim Essen."

„Du kannst doch nach deiner Präsi weiternaschen", sagte Franzi und holte ihn aus seinen Tagträumen.

„Magst Du anfangen uns von Deinen Sparplänen zu berichten?"

„Sorry", sagte Philipp nur und ließ Tom die Unterlagen verteilen, die er vorher hatte kopieren müssen. Mit Bauchgrimmen, denn sein schöner Traum von gerade eben würde niemals Wirklichkeit werden, sollte ihm nicht bald eine Idee einfallen, wie er die Monarchie doch noch retten könnte. „Also, ich mache es kurz...", sagte Philipp und führte sodann seine Kollegen durch seine Exceltabellen. Die beiden waren gar nicht so ablehnend eingestellt wie gedacht, Franzi moderierte die Diskussion nur und hielt sich inhaltlich heraus. Sokrates stimmte mehr oder minder mit Philipps Ideen überein. François hatte er immerhin bei jeglichen Kürzungen des Militäretats auf seiner Seite. Percy hingegen zeigte nun sein wahres, destruktives Gesicht.

„No, not possible."

„That's too much."

„If you want bloody riots again, then yes..."

„Do you want our soldiers to die?"

Was sollte man auf so etwas antworten? Natürlich nichts. Aber welche Alternativen hatten sie? *None.* Allein die Verhandlungen über Philipps Vorschläge dauerten nun schon zwei Stunden, mit Fortschritt im Schneckentempo. Zwischendurch simste und telefonierte Percy immer wieder mit seinen Vorgesetzten in der Regierung und hielt Rücksprache. Den Arztbesuch konnte Philipp wieder knicken. Der Keksvorrat auf dem Teller vor ihm war inzwischen auch aufgebraucht und Freddy Foks losgeschickt worden, um ganz schnell neue Nervennahrung aufzutreiben. Sokrates' Rechnungen brachten auch nicht die Lösung: Er kam gerade mal auf maximal eine Milliarde Pfund, vielleicht ein bisschen mehr.

„Ich habe eine andere Herangehensweise als Philipp gewählt", sagte François nun, trat vor die anderen und malte eine große geschwungene „8" auf die Pinnwand. Alle guckten ihn erstaunt an.

„Vier Milliarden wären schon genug", sagte Franzi und tadelte den Franzosen wie einen Schüler.

„Ich weiß", sagte François.

„Am Anfang bin ich auch den Weg Philipps gegangen und habe einfach nur gekürzt und gestrichen..."

„...allerdings bei weitem nicht so brutal, darauf lege ich Wert..."

„...am Ende bin ich dann auf eine Summe von etwa 500 Millionen gekommen und das mit Maßnahmen, die ich nur schwer hätte vertreten können."

„Somit hätten wir maximal drei Milliarden zusammen: 1 bis 1,5 Milliarden von Philipp, 1 Milliarde von Sokrates und 500 Millionen von mir", fuhr François fort, machte eine Kunstpause und guckte herausfordernd in die Runde.

„Und?"

„Deswegen habe ich den Spieß umgedreht: Und überlegt, wie man neues Geld in die Staatskasse bekommen kann, anstatt es den Armen abzupressen..."

„...und bin am Ende auf mindestens acht Milliarden Pfund gekommen."

„No way", sagte Philipp und schüttelte den Kopf. „Wo sollen die so schnell herkommen?"

„Wir nehmen es von denen, die genug haben."

„Du willst Dich also als Robin Hood aufspielen?"

„Du hast es erfasst, Philipp."

„Und Sokrates ist der dicke Bruder Tuck und ich Will Scarlet in Leggins?"

„Wenn Du es so willst", sagte François und biss in seinen letzten Cookie, kaute genüsslich und gemächlich zu Ende.

„Wenn man allen Millionären in England, es gibt über 1,6 Millionen hierzulande, sagen wir nur 5000 Pfund per Sofortsteuer von ihren Konten abbuchen würde, würde eine hübsche Summe von..."

„8 Milliarden zustande kommen", ergänzte Franzi.

„Das hört sich in der Theorie ja nicht schlecht an, aber wie soll das in der Praxis funktionieren?"

„Genau. Erstens gibt es sichtlich rechtliche Hürden", mischte sich jetzt Sokrates ein.

„Zweitens: Selbst, wenn man die Aktion durchführen könnte: Danach würden sicherlich viele Bürger, die etwas zu sagen haben und das Land faktisch besitzen, ihr geliebtes Königreich verlassen – mit samt ihrem restlichen Geld."

„Und nichts wäre gewonnen, im Gegenteil."

„Oder sieht das jemand anders?"

Philipp schüttelte abermals den Kopf, Franzi verneinte ebenfalls.

„Remember, we are the Tories, François", sagte Percy, der immer wartete, bis sich der letzte positioniert hatte. „Wir würden nicht mal bis zur nächsten Wahl kommen. Innerhalb kürzester Zeit würden uns unsere reichen Spender den Geldhahn zudrehen."

„Und was schlägst Du vor, Percy?", sagte Philipp.

„Wir gehen erstmal mit den etwa 3 Milliarden ins Rennen, und ich versuche noch einmal mit dem Schatzkanzler zu reden."

„Oder hat sonst noch jemand eine Idee?", sagte Percy und fokussierte einen nach dem anderen.

Franzi hatte ihr Denkergesicht aufgesetzt, bei dem sie wie immer ihre Augen zusammenkniff, und guckte aus dem Fenster. Sokrates blätterte hektisch in seinen Unterlagen, als ob die restliche Milliarde plötzlich darin zu finden wäre. François erwiderte den Blick Percys selbstbewusst. Er hatte seinen Job erledigt, sollte dies wohl heißen. Seine Pose sah einstudiert aus, so als ob sie aus einer Boulevardkomödie mit tragischem Einschlag stammte. Aber auch Philipp wollte dem Blick Percys nicht unbedingt begegnen und schaute sich die Plakate hinter Franzi an. Ganz langsam von links nach rechts. Es war, als ob er Dias guckte. Wie früher, im Familienkreis. Dabei kam ihm die Idee, wie er eventuell die fehlende eine Milliarde Pfund auftreiben konnte. Und gleichzeitig die Monarchie retten.

10

Die Praxis von Dr. Rasputin war ein Gesamtkunstwerk, das aus vielen tausend Stücken bestand. Philipp freute sich jedes Mal, wenn er das Haus mit Blick auf den Hydepark betrat, auch wenn dies bedeutete, dass es ihm gesundheitlich nicht gut ging. Philipp stand vor der Treppe, die zur Eingangstür der Villa führte und sah sich um, ob er etwas Neues entdecken würde. „This property is guarded not only by dogs", las Philipp auf einem Schild. In der Tat: Die beiden furchteinflößenden antiken indischen Krieger, die links und rechts neben der roten Tür Wache hielten, kannte er bereits. Servus, ihr zwei! Im Vorgarten befanden sich brasilianische Skulpturen mit manisch-depressiven Gesichtern und bunten Kleidern, die Philipp ebenfalls schon kannte, die ihn aber immer wieder faszinierten, auch weil sie ihn entfernt an seine verrückte Tante Lizzy erinnerten, die als missionierende Ärztin durch Nordafrika und Afghanistan gezogen war.

Philipp zog an der Kordel der Glocke, die eine Mischung aus einem Elefanten und einer Phantasiegestalt mit übergroßen Schneidezähnen darstellte. Töröööö, ertönte es zunächst, dann hörte er das Rauschen und Knacksen eines Mikrofons. „Hello, who's there?", fragte eine weibliche Stimme und als Philipp seinen Namen nannte, sprang die Tür wie von Geisterhand auf und öffnete sich komplett automatisch. Die prächtige Eingangshalle war im Vergleich zu seinem letzten Besuch vor gut einem Jahr noch voller geworden. Er entdeckte einen William Turner, der

Millionen wert sein musste, einen Armlehnstuhl aus Holz („Qing Dynastie, Philipp"), Figuren aus Jade, kunstvolle Spiegel aus Gold, Vasen aus Japan, einen Miniatur-Dalí und viele weitere kleine Dinge, die Philipp teilweise doch sehr kitschig fand. Ivana würde wahnsinnig werden, hier alles sauber zu halten. Dr. Rasputin musste bestimmt ein dutzend Hausangestellte beschäftigen, denn auf keinem einzigen Gegenstand war auch nur ein Körnchen Staub zu entdecken. Perfekt für Philipp, den alten Allergiker.

Cecilia, die ältere, sehr elegante Sprechstundengehilfin mit den weißen Haaren, kam wie eine Schildkröte aus dem Nebenzimmer geschlurft, begrüßte ihn abermals und hängte seinen Mantel an eine Garderobe, die aus japanischen Shuriken gefertigt war, auch als Ninjasterne bekannt, die in die Wand gehauen und stumpf geschliffen waren, damit sie die edlen Kleidungsstücke der Gäste nicht verletzten. „Der Doktor erwartet sie im großen Zimmer oben rechts, Sir", sagte Cecilia, die ihn, obwohl sie Philipp schon seit vielen Jahren kannte, immer noch so höflich behandelte, als ob er das erste Mal hier wäre und der nur ab und zu ein zurückhaltendes Lächeln herausrutschte.

Dr. Rasputin, der mittlerweile Ende 60 sein musste, sah trotzdem immer aus, als ob er noch sein gesamtes Leben vor sich hatte. Er war ein überzeugter Single, wobei Philipp sich immer gefragt hatte, welche Rolle Cecilia in dessen Leben wohl spielte und ob sie nicht doch mehr als die gute Seele dieses Hauses war. Es stand jedoch fest, dass er als einer der besten Hausärzte Londons galt, weil er klassische Schulmedizin und alternative Behandlungsmethoden kombinierte und auch nicht davor zurückschreckte, härtere Medikamente zu verordnen, wenn es angebracht war. Dazu kursierten noch einige Gerüchte über Wunderheilungen, die Dr. Rasputins Ruf als Koryphäe festigten.

„Kann ich Ihnen einen Tee nach oben bringen", fragte Cecilia, bereits wieder im Türrahmen zu ihrem Arbeitszimmer stehend.

„Gerne" sagte Philipp und stieg die Treppe empor. Die Standuhr ächzte und schlug 8 Uhr. Er war stolz auf sich, dass er trotz des bevorstehenden stressigen Tages seinem Leiden auf den Grund gehen würde. Als er nach dem letzten Meeting der Troika am Abend zuvor in seinen Club zurückgekehrt war, hatte er sich einen Schlachtplan für alle Eventualitäten entworfen. Und dabei wieder solche Bauchschmerzen gehabt, dass er auf seinen Gin & Tonic und ein Abendessen verzichtete. Der Schlüssel zur Lösung aller seiner Probleme war Mowgli. Später würde er ihn endlich treffen. In seinem Club. Heimspiel.

„Good morning, Philipp, wir haben uns lange nicht gesehen", sagte Dr. Rasputin und streckte Philipp, der noch gar nicht ganz oben angelangt war, die Hand hin. Philipp ergriff sie und der Doktor zog ihn wie einen Bergsteigkameraden die letzten zwei Stufen auf den Gipfel hinauf. Wenn er noch ein Seil um seinen Hals gehabt hätte, wäre er mit seinem karierten Hemd auch glatt als einer durchgegangen. Seine Haut war braun und fast verbrannt vor Sonne, die Falten auf seiner Stirn und an den Augenrändern ließen ihn ein wenig wie eine Dörrpflaume aussehen.

„Sie haben auch wieder ein paar neue Schmuckstücke an der Wand hängen, die ich noch nicht kenne, Dr. Rasputin", sagte Philipp. Die beiden waren mittlerweile im Behandlungszimmer angelangt, in dem seit neuestem ein gigantischer Eisbär aus Speckstein stand. Das ganze Zimmer war vollgestopft mit Jagdtrophäen. „Ja, ich war vor kurzem in Alaska unterwegs und habe den hier mitgebracht", sagte Dr. Rasputin und zeigte auf einen ausgestopften Grizzly.

„Wieso fehlt ihm ein Ohr?"

„Der Hund von Cecilia hat es abgebissen und der Sekundenkleber hält nicht richtig. Sie dachte, ich merke es nicht."

„Dann müssen sie bald wieder hin."

„Ja, die Natur war überwältigend, und man war so weit weg von jeglicher Zivilisation, einfach entspannend."

„Sollten Sie auch mal tun, Philipp. Sie sehen schlecht aus."

„Deswegen bin ich auch hier, Doc."

„Na dann erzählen Sie mal."

Philipp setzte sich auf den unbequemen Stuhl aus Bambus vor dem großen modernen Schreibtisch, hinter dem Dr. Rasputin Platz genommen hatte. Wo sollte er nur anfangen?

„Ich habe seit mehreren Wochen ziemlich schlimme Bauchschmerzen, die kommen und gehen, wann immer sie wollen. Mal tut es rechts oben weh, mal links unten, mal fühlt es sich stechend an, mal drückend."

„Haben Sie irgendwelche Muster entdeckt?"

„Nicht wirklich. Manchmal habe ich Bauchschmerzen, wenn irgendetwas Wichtiges ansteht, manchmal auch einfach so."

„Das sagen Sie so einfach."

„Was?"

„Das etwas nicht besonders ist. Für ihren Körper vielleicht schon."

„Aber ich hatte doch schon tausendmal Sex, wieso habe ich gerade vor ein paar Tagen Panik bekommen?", sagte Philipp und erzählte dem Doktor, der auch einen Abschluss in Psychologie hatte, die Geschehnisse im Savoy.

„Sehr seltsam. Würden Sie bitte den Oberkörper freimachen?", sagte Dr. Rasputin, nachdem er Philipp bestimmt eine halbe Stunden hatte reden lassen.

Philipp zog seinen Blazer aus, löste die Hosenträger und schlüpfte aus seinem Hemd. Sein Bauch sah riesig aus, dabei hatte er die vergangenen Tage sogar Gewicht verloren. Dr. Rasputins kalte Hände berührten erst seinen Oberbauch, dann seinen Unterbauch. Er fühlte die linke und die rechte Leiste. „Tut's weh?". Nein, Philipp spürte nichts. Vorführeffekt.

„Ihr Bauch ist in der Tat sehr hart, aber das kann verschiedene Gründe haben. Eine Blinddarmentzündung ist es nicht. Leiden Sie eventuell an Herzrhythmusstörungen?"

„Nicht dass ich wüsste."

„Hatten Sie schon mal ein Magengeschwür?"

„Nope."

„Und schwanger sind Sie auch nicht!", stellte Dr. Rasputin trocken fest.

„Tut mir leid, mein Lieber, ich habe zwar eine Vermutung, aber zur Sicherheit muss ich sie zum Spezialisten schicken."

Philipp wusste, was das bedeutete. Dass sie ihm einen Schlauch in den Hintern schieben würden. *No way*.

„Muss das sein?"

Dr. Rasputin nickte.

„Also gut", sagte Philipp, stand auf und reichte Dr. Rasputin die Hand.

„Cecilia sucht Ihnen die Adresse heraus."

„Excellent."

Was für eine Zeitverschwendung.

„Hier, nehmen Sie diese, solange es nicht besser ist", sagte Dr. Rasputin und gab ihm ein blaues Päckchen mit Schmerztabletten.

„Das macht die Schmerzen erträglicher. Aber nehmen Sie bitte nur eine am Tag. Das reicht."

„Gut, danke."

Nice, wenigstens etwas. Aber nur eine? So würde Philipp die nächsten Tage nicht überstehen. Noch als er die Treppe hinunterlief, warf er sich drei Tabletten ein. Alasdair wartete schon vor dem Haus und hielt ihm die Tür eines Toyota Prius auf. „Sorry für die Verspätung, Sir und danke, dass Sie heute morgen ein Taxi genommen haben. Mein Porsche hat spontan einen Termin bei der Inspektion bekommen. Und Sie wissen, wie schwierig es ist, einen solchen in London zu erhalten. Ich konnte mir für den restlichen Tag aber zum Glück das Auto meiner Frau leihen", sagte Alasdair freudestrahlend. Ja, was für ein Glück, dachte Philipp und zwängte sich in den Fond des kleinen Japaners. Immerhin würde er ordentlich Geld sparen, und ein eigener Chauffeur war immerhin noch besser als in einem rosa Taxi durch die Gegend zu fahren.

„Wohin soll ich Sie bringen, Sir?", fragte der Schotte. Ja, gute Frage. Seinen Freund Mowgli würde er erst mittags zum Lunch in seinem Club treffen. Philippa hoffentlich dann abends bei der „living gallery". Dazwischen musste er – je nachdem wie das Gespräch mit Mowgli verlaufen würde – mit seinen beiden Troikanern, Franzi und vor allem Percy sprechen. Am Ende würde alles von Percys Überredungskünsten abhängen. Denn er musste die britische Regierung überzeugen, genau das zu tun, was Philipp ihnen vorschlug.

„Bringen Sie mich in die Jermyn Street", sagte Philipp. Ein Paar rote Socken konnte er sich noch leisten.

11

Philipp lief auf sein Lieblingsgeschäft in der verschneiten Jermyn Street mit einer gigantischen, kindlichen Vorfreude zu. Alasdair hatte ihn nach dem nur halb erfolgreichen Arztbesuch (wenigstens Tabletten!) erst in die Nähe seines Clubs gebracht, weil er wieder von einer Sekunde auf die andere dringend aufs Klo musste. Trotz quälender Schmerzen hatte sein Fahrer vorsorglich eine Ecke vorher halten müssen, damit niemand seiner Clubkollegen beobachten konnte, wie er aus diesem von Ökofaschisten geliebten japanischen Auto ausstieg – und weitertratschte, nun sei auch der turbokapitalistische Deutsche der allgemeinen politischen Korrektheit zum Opfer gefallen. Wie schön leuchtete ihm nun die neueste Kreation von New & Kingwood im hölzern gerahmten Schaufenster entgegen: Rote Socken mit vielen dunkelblauen Pfundzeichen darauf gestickt.

„Die will ich haben", dachte Philipp und betrat den Laden, eigentlich aber ein längst vergangenes Jahrhundert. Bei New & Kingwood fand der Gentleman alles, was er benötigte und nicht benötigte, wobei das, was er nicht benötigte, eigentlich am interessantesten war. Trotz des fiesen Wetters, das die Straßen fast leergefegt hatte, und der akuten Wirtschaftskrise, die nicht nur die Armen traf, war der Laden *packed*. Vor der Kasse auf der linken Seite standen mehrere Kunden Schlange und diverse weitere wuselten durch die engen, mit Kleidung und Accessoires voll gestellten Gänge des Geschäfts, das wegen der gefühlt tausenden Farben der Produkte wie ein ständig changierender Regenbogen wirkte. Aufatmend nahm Philipp in der Sitzecke auf einem der grünen Sofas Platz und schenkte sich einen etwas zu großzügigen Gin & Tonic ein, der immer für alle Kunden bereitstand.

Die Wunderpillen von Dr. Rasputin wirkten endlich. Er war bei absolut klarem Verstand und strotzte vor Energie. Mit weit aufgerissenen Augen und begierig klopfendem Herzen verschaffte er sich einen Überblick über die neusten Produkte. Ein vielleicht vierzig Jahre alter Mann in Tweed-Sakko und gelber Cordhose studierte eine rechts neben dem Eingang ausgestellte Safari-Ausrüstung. Wahrscheinlich um danach die Ländereien in einer alten Kolonie zu besuchen. Seine karottenroten Haare korrespondierten nicht schlecht mit diesem Outfit. In einem Klappstuhl versunken, nickte er fachmännisch, jedoch noch nicht überzeugt. Neben ihm bohrte sein ebenfalls rothaariger Sohn verstohlen in der Nase. „Julian, let it be", zischte sein Vater und wandte sich nun dem Klapptisch zu, an dem er erstmal richtig rüttelte, wohl um seine Standfestigkeit zu testen. Neben dem kleinen Nasenbohrer wurden Regenschirme mit einem täuschend echten Gewehrgriff angeboten. Außerdem Wollmützen für Hunde, Gummistiefel von Hunter in allen erdenklichen Farben, mit Vorliebe in der Stadt zu nutzen, Ginflaschen als Lampen und diverser anderer Kram. Eine Mutter kaufte für ihr Kind eine blau-schwarz gestreifte Old Etonian Tie sowie ein breit gestreiftes Jackett des Boat Clubs, ein alter Mann einen Pyjama in orange mit weißen Totenköpfen, vielleicht ja in vorausschauender Absicht.

„Versuchen Sie wieder einmal die Leute mit neuem

Nippes abzulenken, damit sie nicht merken, wie überteuert Ihre Anzüge sind?", fragte Philipp einen vorbeieilenden Mann.

„Philipp! Wie schön, Sie zu sehen", sagte der Mann, lachte schallend und zeigte freigiebig seine Jacketkronen.

„Sie haben uns eindeutig durchschaut. Aber selbst uns trifft die Krise."

„Sieht nicht so aus."

„Doch, doch. Die meisten Kunden gönnen sich nur einen Drink, spielen mit den Accessoires herum und gehen wieder."

„Leute wie Sie, die immer gleich mehrere Anzüge kaufen, sind selten geworden."

Oje, dabei wollte Philipp dieses Mal doch auch nur ein paar Socken kaufen. Verschämt stellte er den G&T wieder auf die kleine Kommode ab, als Mark gerade einen Kunden verabschiedete.

„Wir haben ein paar exquisite neue Exemplare vor ein paar Tagen fertig geschneidert – aus feinstem Flanell."

„Excellent, Mark, aber ich wollte eigentlich nur eine Kleinigkeit kaufen."

„Schauen Sie sich die Anzüge doch wenigstens einmal an, Philipp. You're gonna love it."

„Na gut, schauen schadet ja nicht", sagte Philipp und folgte Mark durch den Verkaufsraum. Den Gin & Tonic nahm er mit, goss sich vorher aber noch mal kräftig nach. Der Chefverkäufer des Hauses öffnete eine geheime, aus einem Bücherregal bestehende Tür im letzten Winkel des Verkaufsraums und führte Philipp in das Zimmer, das noch genauso aussah wie vor über 15 Jahren, als Philipps Vater ihn das erste Mal mit nach London genommen hatte. Die Farbe der Wände war immer noch blutrot, gerade frisch gestrichen jedoch, an den Decken räkelte sich efeuartiger Stuck ringsherum, linkerhand befand sich ein Kamin mit grazilen Verzierungen. Gegenüber der Eingangstür auf der anderen Seite des Raumes stand ein antiker Schreibtisch, daneben ein prachtvoll bemalter chinesischer Wandschirm, hinter dem man sich umziehen konnte.

„Nehmen Sie Platz, Sir", sagte Mark und schob aus einem angrenzenden Raum nach und nach Kleiderpuppen vor Philipp und stellte sich schweigend neben ihn. Philipp saß nun auf einem eher mäßig bequemen Sofa und begutachtete die von den falschen Menschen getragenen Anzüge. Mark wusste, dass er natürlich schon längst einige dunkelblaue und dunkelgraue Anzüge im Schrank hatte und präsentierte ihm deswegen nun welche mit Nadelstreifen und sehr dezent karierte. Zuerst einmal nur schweigend. Dann aber brach es doch aus ihm heraus und er erklärte seinem langjährigen Kunden jeden Quadratzentimeter der Anzüge.

„Das sind natürlich alles nur Vorschläge, wie Sie wissen. Form und Stoffe sind immer auswechselbar, ganz wie Sie es wünschen."

Philipp nahm einen großen Schluck seines Gin & Tonic und lauschte gebannt, obwohl er viele Erläuterungen schon kannte. Bei Mark wurde die Liebe zu schönen Stoffen und Kleidern immer zur Poesie, das wusste er. Ihr nicht zu verfallen, war schwierig.

„Der Knopf ist dieses Mal aus Büffelhorn, natürlich von Hand umsäumt."

Philipp nickte.

„Die kissing buttons, also die sich leicht berührenden Knöpfe am Ärmel sind beim rechten Modell aus Perlmutt gefertigt."

Philipp nickte.

„Das Innenfutter ist hier in baby blue gehalten, charming isn't it?"

Very nice, indeed.

In der Tat, Philipp konnte Mark stundenlang zuhören und dabei perfekt entspannen. Bald jedoch musste er Mowgli treffen und wurde wieder nervös, trotz der Pillen von Dr. Rasputin und des doppelten Gins. Sein Plan war zwar simpel. Doch so simpel er war, so einfach konnte auch die Antwort Mowglis sein. Oder die der britischen Regierung: *No, bloody no.* Umso wichtiger schien es, endlich Operation Counter Steak einzuläuten, um den Verräter zu entlarven. Sokrates und er hatten verabredet, zwei fiktive Nachrichten an die zwei Hauptverdächtigen in ihrer Gruppe zu senden, um zu sehen, wer sie an die Presse beziehungsweise an den Blogger lancieren würde. Dafür holten sie zwei längst in die Tonne getretene Reformvorschläge hervor, die völlig überzogen und nicht umsetzbar waren, jedoch die Gemüter erhitzen würden – vor allem, wenn sie von einem Deutschen kamen. Während Mark einige Puppen hinausschob und die nächsten Anzüge zur Begutachtung holte, schrieb Philipp Percy und François jeweils eine E-Mail.

„Hey, wollen wir heute zusammen Mittagessen? Ein Steak bei Humphreys? Möchte mit dir über etwas sehr Wichtiges reden, Cheers Phil"

Er steckte das Handy in die Tasche und stand auf.

„Mark, ich muss leider los. Ich kaufe nur schnell zwei Paar Socken vorne im Laden. Cu next time again. Thanks for the G & T and your time."

Philipp hörte nur einen undeutlichen Laut von Mark, sagte laut bye, bye und verließ stolz das Hinterzimmer. Stolz, weil er widerstanden hatte bei den wunderschönen Anzügen zuzuschlagen. Er schnappte sich nur zwei Paar Socken, ein rotes und ein paar mit Pfundzeichen, bezahlte und stieg wieder in das Auto von Alasdairs Frau. Der Schotte saß hinter dem Steuer, und wieder blitzte das komische Tattoo auf seinem Nacken auf, als er sich zu Philipp umdrehte und wissen wollte, wohin es ginge.

„To the club, please, Alasdairrr. I'm in a hurrry."

Alasdair startete den Elektromotor, von dem man keinen Mucks hörte und glitt geräuschlos auf den schneebedeckten Straßen in Richtung St James's Square. Dieses Mal ließ er sich direkt vors Haus fahren. Zur Hölle mit seinen Clubkollegen. Seine Schuhe waren ihm wichtiger und sollten nicht durch die Nässe leiden. Philipp betrat die Lobby, zeigte dem offenbar neuen Portier dezent seine weiße Karte, die ihn als Mitglied identifizierte und lief schnurstracks nach oben in die Bibliothek. Er setzte sich in einen etwas abseitsstehenden Sessel und zückte heimlich sein Handy, denn jegliche elektronischen Geräte waren in diesen heiligen Hallen verboten. Zwei neue Nachrichten. Percy und François bestätigten beide den Lunchtermin. Dann war es Zeit für den nächsten Schritt, um die Neugier der beiden zu erhöhen. Wieder schrieb Philipp an beide die gleiche Nachricht, jedoch mit unterschiedlichem Anhang.

„Hey, sorry, aber ich muss unser Mittagessen wieder absagen. Mir ist etwas Wichtiges dazwischengekommen. Im Anhang findest Du den Entwurf des nächsten Schrittes, den wir gehen sollten. Und denk dran: Das ist alles streng vertraulich. Cheers, Phil."

Philipp lächelte zufrieden und textete Sokrates, dass die beiden potentiellen Verräter das explosive Material bekommen hätten. Percy erhielt von Philipp den detaillierten Vorschlag, eine Börsensteuer in London einzuführen. Kurzfristig würde dies richtig viel Geld in die Kasse spülen, mittelfristig wohl aber zu einer Abwanderung großer Teile des Londoner Finanzsektors führen. François hingegen hatte von Philipp Rechnungen bekommen, wie sich der vom Volk gewünschte Austritt Großbritanniens aus der EU auf den Haushalt auswirken würde. Milliardenbeträge könnten dadurch mittelfristig gespart werden. Im Gegensatz zu Percy hatte der glühende Europäer François noch ein P.S. bekommen, weil er als Troika-Mitglied den Kern des Entwurfes natürlich schon kannte: „Haben alle Zahlen noch ein bisschen verschärft, befürchte, es ist notwendig. Percy ist wohl sicher an Bord." Sodann schlug Philipp allen Troika-Mitgliedern sowie Franzi und Percy in der gemeinsamen WhatsApp-Gruppe vor, sich nachher in seinem Club zu treffen, um eine finale Lösung zu besprechen, wie man die Milliarden auftreiben konnte. Bislang stand auch nichts von der bevorstehenden Eliminierung der Monarchie in den Medien, sah er, als er die Online-Nachrichtenseiten checkte. Wer auch immer der lügende Mistkerl war, noch hielt er dicht. Wieso bloß? Sollte François der Verräter sein, wäre es die Chance, ein für alle Mal der letzten ernstzunehmenden Monarchie Europas den Garaus zu machen. Und seiner geliebten Philippa. Irgendwie jedenfalls. Ihrem Lebensstil, ihrem fraglosen Stolz.

Mittlerweile wurden die strafenden Blicke seines Nachbarn, eines jungen Kerls in Philipps Alter, immer unangenehmer. Ja, ja, gleich würde er das Handy doch wegstecken. *Chillax*. Philipp besuchte als letzte Amtshandlung noch die Facebookseite der Party des Abends. Der letzte Post seines Kumpels Henry lautete: „It's a BYOB Party...so bring your own booze", man sollte also seinen eigenen Alkohol mitbringen. Das konnte ja heiter werden. Ist Henry also auch das Geld ausgegangen? Naja, egal. Betrinken wollte er sich an diesem Abend sowieso nicht, sondern die Entscheidung mit Philippa suchen. Sofern sie denn erschien. Bei der Übersichtsliste war Margaret a.k.a. Philippa (hoffentlich) immer noch bei den Teilnehmern registriert. Sehr gut.

Philipp guckte auf die Uhr. *Time to go.* Eine Sache musste er jedoch noch erledigen. Sobald niemand in der Nähe war, beschleunigte er seine Schritte und hetzte durch die dunklen Gänge. Wenige Minuten später war er in seiner Suite. Und zog in Windeseile seine Schuhe und seine alten Socken aus und ja, welche neuen sollte er anziehen? *Home or away?* Philipp entschied sich für die roten. Die mit den Pfundzeichen wollte er nach seinem hoffentlich glanzvollen Sieg in allen Belangen tragen.

„Ich bin hier. Wo bist Du?", schrieb Mowgli ihm gerade auf WhatsApp.

„Bin gleich unten", antwortete Philipp, zog die roten Socken bis unter das Knie, die Hosenbeine wieder runter und die Schuhe wieder an.

All in and win.

12

Mowgli wartete auf Philipp in der Lobby, die hell erstrahlte und an deren Ausstattung noch nicht gespart worden war, wahrscheinlich um die Würde des Clubs nicht vollends zu verspielen. Sollte er mit ihm nur einen Drink nehmen oder etwas im Restaurant essen? Er hatte zwar in der Einladung von Lunch gesprochen, aber da das Gespräch noch vor dem zweiten Gang beendet sein könnte, wären *quick and dirty drinks* eigentlich besser. Andererseits wollte er seinen guten, alten Freund ja umwerben.

„Wollen wir was essen, Mowgli?", fragte Philipp also, nachdem sie sich mit einer zaghaften Umarmung begrüßt hatten.

„Sehr gerne, ich liebe das Essen hier."

Wie oft war Mowgli denn bitte schon in seinem Club gewesen? Irritiert führte Philipp seinen Gast in den *Dining-Room*, wo es jeden Tag ein anderes Drei-Gänge-Menü zum Mittagessen gab. Der livrierte Kellner bot ihnen erst einen Tisch in der Nähe des Ausgangs an, den Philipp ablehnte. Nun saßen sie ganz außen an den riesigen Fenstern mit Blick auf den schneeweißen St James's Square Garden. Der Saal war fast voll besetzt und obwohl alle Herren versuchten, gedämpft zu sprechen, entstand eine Lautstärke, die es fast unmöglich machte, Gespräche am Nebentisch mitzubekommen. Eine perfekt austarierte Akustik war das, wenn man sie denn wirklich so beabsichtigt hatte. Philipp überprüfte mit einem kurzen Blick, ob irgendwelche Bekannten anwesend waren, die ihm jetzt ungelegen kamen, etwa Herren aus der Regierung. Die einzigen aber, die das deutsche Troika-Mitglied erkannten, waren Anwälte und ein paar Banker, die ihm höflich zunickten und keine Anstalten machten, extra aufzustehen und ihn persönlich zu begrüßen. Gut so. Mowgli schien die Ruhe selbst. Von der gestrigen Hektik keine Spur. Kerzengerade saß er in seinem Stuhl.

„Kannst du dich erinnern, wie wir früher in der Schweiz im Schnee getobt haben?", fragte Philipp und zeigte mit seinem Kopf nach draußen.

„Natürlich, du hast immer versucht, mich einzuseifen."

„Das war ein Spaß!"

„Nicht für alle, Philipp."

„Dafür hast Du Deinen Bruder malträtiert."

Beide grinsten glücklich. Der Kellner stand vor dem Tisch, bereit die Bestellung aufzunehmen. Philipp orderte zweimal das Menü und eine Flasche Rotwein.

„Also, wie war dein Ausflug ins *real life*, Philipp?"

„Ich habe nichts gesehen, was ich nicht schon einmal gesehen habe", log Philipp und überlegte, ob Mowgli in der Sun sein Foto vor dem Savoy gesehen hatte.

„Aber es ist trotzdem jedes Mal erschreckend, das ganze Elend in der Stadt zu erleben", sagte Philipp und probierte den 2013er Tenuta dell' Ornellaia, die Flasche für 150 Pfund. *Perfect*. Der Kellner goss den Wein in ihre Gläser und verschwand wieder. Philipp und Mowgli schwelgten in Erinnerungen, stritten sich zum Scherz, wer wen beim Monopoly hatte gewinnen lassen, wer weiter und schneller schwamm, wer länger unter Wasser bleiben konnte. Damals, als sie so gut wie keine Sorgen hatten, außer der Tatsache, dass Mowglis Eltern in Scheidung lebten und sich Philipps Magenprobleme bereits anzukündigen begannen, was natürlich nicht zur Sprache kam. Stattdessen genossen sie ihre Süßkartoffelsuppe und ihr Lamm mit Minzsauce, süffelten ihren Wein. Und als sie richtig aufgetaut waren, was im Angesicht des fallenden Schnees vor dem Fenster fast metaphorische Bedeutung erlangte, erzählte Philipp auch von seinen Erlebnissen während der Demonstration und beim Empfang, verschwieg aber die peinlichen Momente danach mit Philippa.

„Du fragst dich bestimmt die ganze Zeit, warum ich Dich so kurzfristig um ein Treffen gebeten habe...", sagte Philipp, nachdem der Kellner das Dessert gebracht hatte.

„Abgesehen davon, dass du einen alten Freund wiedersehen wolltest..."

„Richtig."

„Wie du weißt, bin ich in der Troika und muss die Finanzen UKs wieder auf Vordermann bringen. Und noch bevor es richtig losgeht, steht unser geliebtes England am Abgrund."

In der Tat, um Mowgli zu emotionalisieren, konnte ein bisschen Dramatik nicht fehlen.

„Wieso?", fragte sein indischer Freund, jedoch mit der Gemütslage eines Koala-Bären. Ziemlich entspannt. Während Philipp sich einen Frosch im Hals wegräusperte, besah er sich seine perfekt manikürten Fingernägel. Und hörte mit seiner Betrachtung auch nicht auf, als er ihm die Lage erklärte.

„Also ... as a matter of fact ... Großbritannien benötigt in kurzer Zeit sehr viel Geld. Extrem viel. So wie es aussieht, sind aber praktisch alle Möglichkeiten ausgeschöpft."

Mowgli legte die Fingerspitzen aneinander und schwieg. Immerhin nahm er Philipp jetzt direkt in den Blick.

„Ja, old chap", Philipp schaute zurück und ließ sich nicht verwirren. „Für dich bietet sich dadurch die einzigartige Gelegenheit, daraus Kapital zu schlagen und gleichzeitig deiner zweiten Heimat aus der Patsche zu helfen."

Jetzt guckte Mowgli doch etwas skeptisch, seine Mimik bewegte sich.

„Die Regierung will morgen bekanntgeben..."

Philipp flüsterte nur noch. Herrgott, er hatte doch souveräner sein wollen.

„...dass sie die Monarchie abschaffen will, um Geld zu sparen und ein Zeichen zu setzen."

„Das heißt, bis übermorgen brauchen wir 1 Milliarde Pfund, um fällige Schulden zu bezahlen", fuhr Philipp fort. Mowgli war nun angefixt, beugte sich vor und blickte Philipp ins Gesicht, konnte die Zusammenhänge aber noch nicht ganz erfassen.

„Ich will der Regierung und der Monarchie ein Geschäft vorschlagen, dass sie nicht ablehnen können."

„Und zwar?"

„Der Buckingham Palace wird verkauft, den Erlös spendet die königliche Familie an die Regierung zur Schuldentilgung, und die Monarchie bleibt da, wo sie ist – im Herzen Großbritanniens, nur in einem anderen Gebäude."

Mowgli nahm einen großen Schluck Rotwein und schwieg. Man konnte ihm ansehen, dass sein Hirn arbeitete, wie früher, beim Monopoly-Spielen in der Schweiz. Philipp wurde ganz warm ums Herz. Sein Mund stand leicht offen, er runzelte seine Stirn und drehte seinen Kopf leicht von links nach rechts, es fehlte nur noch seine von einem Mundwinkel zum anderen wandernde Zunge.

„Die Königin wird diesem Vorschlag nie zustimmen", sagte Mowgli endlich.

„Die Königin wird bald nicht mehr Königin sein, wenn sie es nicht tut."

„Aber gibt es nichts anderes, was verkauft werden kann?"

„Nichts, was solch einen immensen materiellen und ideellen Wert hat und über Nacht zu veräußern ist."

„Die Kronjuwelen?"

„Ohne die ist eine Königin nur eine Prinzessin."

„Und wer soll der glückliche Käufer sein?"

„Du, natürlich, Mowgli. Stell dich nicht dumm."

„Das ist viel Geld."

„Komm schon. Forbes schätzt dein Vermögen auf 20 Milliarden Dollar."

„Ja, aber ich lasse mich gerade scheiden..."

„Da wird schon noch genug übrigbleiben. Stell dir die Headline von morgen vor: Mowgli safes the United Kingdom."

Das gefiel dem alten Inder natürlich. Den Buckingham Palace kaufen! Das erschien ihm wahrscheinlich viel machtvoller als Gandhis nervige Hungerstreik-Strategien, subtiler und subversiver sowieso, dachte Philipp. Kolonialistische Demütigungen verjährten nicht, da musste man zugreifen, wenn sich die Gelegenheit bot. Mowgli strahlte jetzt jedenfalls wie eines von Atomic Osbornes Kraftwerken. Und Philipp hatte ihn am Haken.

„Du wirst auf einen Schlag bekannt und die Leute werden dich lieben."

„Und was sagt die britische Regierung dazu?"

„Die ist dabei", log Philipp. „Mehr als zähneknirschend natürlich, aber mein Freund Anthony ist ein vernünftiger Mann. *Very reasonable* sozusagen."

„Um ganz ehrlich zu sein, Philipp: Ich bin nicht abgeneigt. Aber ich befinde mich wirklich in einem Scheidungskrieg und weiß nicht genau, wie viel von meinem Vermögen am Ende übrigbleibt. Das kommt davon, wenn man gleich Nägel mit Köpfen machen muss. Du, Philipp, kannst Deine diesbezüglichen Bedürfnisse leichter befriedigen, nehme ich mal an... Aber im Ernst: Bis wann brauchst Du eine Antwort?"

„So schnell es geht."

„Was heißt das?"

„Spätestens heute Abend vor Mitternacht."

Beiden war klar, dass sie jetzt nicht wieder zu ihrer vorherigen Plauderei zurückkehren konnten und über ein Thema wie männliche Bedürfnisbefriedigung reden schon gar nicht. So standen sie fast gleichzeitig auf und verließen den Speisesaal.

„God safe the Queen", sagte Philipp und schüttelte Mowgli zum Abschied die Hand.

Puh. Philipp fuhr sich über die schweißnasse Stirn. Dr. Rasputins Tabletten machten ihm jetzt zu schaffen. Sein Herz raste, er fühlte sich elend, auch wenn sein ständiges Bauchgrimmen verschwunden war. Er blickte auf die Uhr, in wenigen Minuten mussten seine Troika-Kollegen sowie Franzi und Percy kommen. Das Gespräch mit Mowgli war mehr als erfreulich verlaufen. Er hatte nicht von vorneherein Nein zum Kauf des Buckingham Palace gesagt. Ab jetzt würden die Schwierigkeiten allerdings zunehmen und Philipp ein Höchstmaß an taktischem Geschick abverlangen. Am Ende hätten zwar nur Percy und seine Regierung etwas zu sagen, aber Sokrates, François und Franziska könnten durch kritische Äußerungen schon noch dazwischenfunken. Ein Blick auf die Guardian und Times-Apps auf seinem Handy zeigte ihm, dass noch immer nichts bekannt geworden war: weder über das drohende Ende der Monarchie noch über die Vorschläge, die er an François und Percy geschickt hatte. Es schien, dass der Verräter nicht aus ihrem *inner circle* kam. Doch wer sonst konnte es sein?

Philipp hatte alle Beteiligten an der Rettung Großbritanniens in seinen Club eingeladen. Nie wieder wollte er einen Fuß in deren offizielles Büro setzen, in diese schäbige, staubige Behausung, die nicht nur seine sämtlichen ästhetischen Empfindungen beleidigte, sondern auch seine allergieanfällige Nase kitzelte. Folgerichtig bat Philipp seine Kollegen nach der Begrüßung in einen Konferenzraum und nicht in die Bar. Geheimhaltung hatte oberste Priorität. Die Stimmung der Fünf war komisch ausgelassen, wunderte Philipp sich. Wie direkt vor dem Untergang der Titanic. Wenn eine Kapelle spielen würde, sähe er Sokrates schon mit Franzi tanzen.

Tee und Kaffee sowie Früchtebrot, Malzbrot und Scones standen schon auf dem Tisch, so hatte er es gern. Die Leckereien wurden so lange im Kreis herumgereicht, bis alle genug auf ihren Tellern hatten. François goss Franzi und Philipp mit ausgesuchter Höflichkeit den *Afternoon Tea* in ihre Tassen.

„Bist du ein Mif oder Tif", fragte Sokrates Percy, bewaffnet mit der silbernen Teekanne in der einen Hand, und mit einem Milchkännchen in der anderen.

„Eindeutig ein Mif", antwortete Percy. „Milk in first ist meine Devise."

Also goss Sokrates Percy zuerst Milch in seine Tasse und füllte diese mit Tee auf. „Die Königin ist auch ein Mif", sagte Philipp.

„Und spart sich dabei die Nutzung eines Löffels zum Umrühren"

„Sans doute, das ist ein entscheidender Beitrag zur Sanierung des Landes", sagte François, ein Scherz, den die Runde mit einem Schweigen goutierte.

In ihrer Funktion als Koordinatorin ergriff Franziska das Wort. Ihre Wangen waren gerötet, ihre Augen flackerten, sie konnte ihre Erregung kaum verbergen.

„Ihr Lieben, wer von euch hat also jetzt noch eine Idee, wie das restliche Geld aufgetrieben werden kann?"

Abermals erläuterte François, wie durch eine Zwangsabgabe der Reichen sogar mehr Geld als benötigt in die Staatskasse gespült werden könnte. Und Sokrates verkündete, er könne in seinen Ministerien weitere 200 Millionen Pfund lockermachen. Mehr aber auch nicht. Dann war Philipp an der Reihe. Sein Plan war aufgegangen, niemand hatte mehr einen genialen Einfall gehabt, wie das Geld zusammenkommen könnte.

„Wie du, liebe Franzi, und du, cher François, schon gesagt habt: *Think out of the box*", begann Philipp. „Ich habe dies getan und eure Weisung befolgt. Und ich glaube, ich habe die Lösung gefunden."

Alle starrten ihn an.

„Philipp, wenn das wieder einer deiner Wir-pressen-die-Armen-noch-weiter-aus-Vorschläge ist..."

„Nein, keine Angst. Eher im Gegenteil." Philipp atmete tief ein und wieder aus und ließ seine Blicke aufreizend langsam über die Gesichter seiner Kollegen gleiten.

„Was ist die wertvollste Immobilie im Königreich?"

„Das House of Commons", antwortete Sokrates.

„Das ist auch viel wert, korrekt, aber wer will schon die Demokratie verkaufen?"

„Der Buckingham Palace", sagte Franzi.

„Genau, und wem gehört der Palast?"

„Der königlichen Familie."

„Meine Idee ist: Der Buckingham Palace wird verkauft, *the Firm*, wie die Royal Family sinnigerweise auch genannt wird, spendet das Geld an den Staat und damit ist unser Finanzloch geschlossen."

„Wer sollte so einen Kasten kaufen? Und vor allem so schnell?"

„Ich habe einen Kandidaten, der genug Geld hat und Großbritannien liebt. Mehr liebt als hasst jedenfalls."

„Wer ist das?"

„Er ist absolut vertrauenswürdig. Es ist mein alter Freund Mowgli – seinen Nachnamen erspare ich Euch jetzt –, den ihr sicherlich aus dem Forbes-Ranking kennt. Und ich kenne ihn seit Kindheitstagen."

„Ein Inder?"

„Yes! Damit ich allerdings die Verbindung herstellen kann und das Geschäft zustande kommt habe ich eine Bedingung. *Listen* Percy und hör auf, deinen Keks zu zerkrümeln!", sagte Philipp. Alle stellten das Knabbern ein und ließen ihre Teetassen sinken. Und starrten Philipp an. Und dann den Abgesandten der britischen Regierung. Im Wechsel. Da die beiden weit genug auseinander saßen, hätten sie glatt die Zuschauer eines Tennis-Matchs sein können. „Im Gegenzug wird die Monarchie nicht abgeschafft, sondern alles bleibt so, wie es ist", sagte Philipp.

„Das ist Erpressung", entfuhr es François.

„Es ist die letzte Möglichkeit."

„Warum setzt du dich eigentlich so für die Monarchie ein?", erwiderte der Franzose und blinzelte listig. „Bist du nur reaktionärer, als ich dachte, oder steckt sonst noch was dahinter?"

„Keine Angst. Ich bekomme keine Maklergebühr für diesen Immobiliendeal, wenn du das meinst."

Percy, der bei der ganzen Diskussion – wie so oft – wieder nur zugehört hatte, war nun in Zugzwang und schien doch wie gelähmt von seiner Machtlosigkeit.

„Was hältst du davon?", fragte Franzi.

„Diese Frage ist so groß, dass es völlig egal ist, was ich darüber denke. Ich weiß aber: Keiner der bisher gemachten Vorschläge reicht aus, um die Pleite meines geliebten Landes zu verhindern. Ich werde Philipps Plan deswegen sofort an die Regierung übermitteln", sagte Percy, nahm einen großen Schluck von seinem Darjeeling, packte seine Unterlagen in seine Aktentasche und stand auf. Er machte einen etwas somnambulen Eindruck, er sah so fahl und krank aus, als ob er sich mitten in einem Alptraum befände.

„Die Regierung würde trotzdem ihre Würde bewahren", versuchte Philipp ihn noch zu trösten und fühlte selbst, wie falsch seine Worte klangen. „Erstens hat sie die Monarchie offiziell noch gar nicht abgeschafft. Zweitens würde der Verlust des Buckingham Palace die königliche Familie stark genug treffen, dass die Wähler jubeln werden."

Percy nickte und verschwand aus der Tür.

13

Was nur sollte er heute zur Party seines Kumpels Henry anziehen? Im Anzug fühlte er sich immer am wohlsten. Der war nicht nur wie eine Uniform für ihn, sondern wie ein Schutzpanzer. Den konnte er gebrauchen, denn es stand viel auf dem Spiel an diesem Abend. Er wollte die Entscheidung mit Philippa suchen, wie auch immer, und dabei musste er ständig auf sein Mobiltelefon achten, ob Percy sich meldete. Sollte die Regierung seinen Vorschlag, den Buckingham Palast zu verkaufen, nicht zustimmen, könnte er die Prinzessin auch sofort fragen, ob sie einen Dreier mit ihm und ihrer ebenfalls *hotten* Schwester haben wollte. Bock drauf! Aber selbst die nymphomanische Philippa würde da wohl Nein sagen. Wie sollte sie erkennen, wie gut und stark Philipp war, wenn sie es nicht zuerst mit ihm allein versuchte?

Genießerisch nahm er einen Schluck seines Hendricks-Gin mit Gurke. Nach dem Meeting mit dem Troika-Team war ihm noch die glorreiche Idee gekommen, seinen Drink selbst zu organisieren. Auf Diskussionen mit Early James hatte er keine Lust. Auf anderen Gin aber auch nicht. Und so kaufte er sich einfach eine Flasche und schmuggelte sie in dem Jutebeutel von Red Stuff wieder in seine Suite. Dann bestellte er Eis und eine Gurke beim Zimmerservice. Außer dass sie ihm fast das Bewusstsein raubten, wirkten die Pillen von Dr. Rasputin überhaupt nicht. *By the way.* Noch in Boxershorts bekleidet, ging Phillip zur Kommode, schloss die oberste Schublade auf, holte die Schachtel heraus und musste beim Versuch, den Beipackzettel zu lesen, laut lachen.

„О возможных противопо казаниях проконсу льтируйтесь со специалистом ".

Weiß Gott, da hätte die Russisch verstehende Bundeskanzlerin weniger Schwierigkeiten gehabt. *Fuck it*. Philipp drückte drei weitere Tabletten aus dem Plastik und spülte sie mit einem großen Schluck G&T herunter. Rasputins Ratschlag, sich bloß an die Dosierung zu halten, schlug er einfach in den Wind. Der gute Doktor schien auf seine alten Tage etwas weich geworden zu sein, dieses Mal war er nicht einmal auf seinen heroischen Namensvetter, diesen Zarenknecht, zu sprechen gekommen, der wer weiß wie viele Attentate russischer Revolutionäre überlebt hatte. Stattdessen hatte er Philipp noch vor dem Genuss allzu vieler Gin & Tonic gewarnt, der Wicht, wobei es nicht der Gin sei, bewahre, sondern das Chinin im Tonicwater, das Bauchkrämpfe auslösen könne.

Etwas lustlos ergriff er sein an die Stereoanlage angeschlossenes iPhone und wählte die Playlist Party, eine Mischung aus Italo Pop und Hip Hop. Schließlich wollte er sich bald zu einer Party aufmachen und musste noch in Stimmung kommen. Die Anlage im Zimmer war sensationell wie eh und je. Der Bass wummerte, die Höhen waren glasklar! Aaah! Tatsächlich, die Lust kam beim Hören. Das war selbst beim Weihnachtsoratorium so. Vor dem Kleiderschrank geriet er aber wieder ins Grübeln. Warum nur konnte er sich nicht mal blind etwas greifen und dann anziehen? Er wollte auf keinen Fall wie ein Spießer wirken. Wie ein Linksradikaler aber auch nicht. Bei Vernissagen und anderen Kunstevents – letztens, in Berlin, wollte ihn Franzi doch tatsächlich zu Aiweiweis Stuhlgebirge im Gropius-Bau schleppen – wurden selbst die konservativsten Knochen und bösesten Ausbeuter im zweireihigen Goldknöpfe-Sakko zum Styler. Nicht nur in London. Auch in Hongkong und New York. Er nahm die schon ziemlich zerrockte Levis 501 aus dem Fach, ein blütenweißes Hemd mit Manschetten, den braunen Gürtel mit schmaler Goldschnalle, die roten Socken (*finally!*) und das blaue Samtjackett vom Bügel. Sodann drapierte er sein Outfit auf dem Bett und begutachtete es. *I like.* Und sein Schnurrbart blieb auch dran, beschloss er und zog sich an. Sein Outfit auszuwählen ging erstaunlich einfach.

Wie aber nur sollte er Mowglis Wunsch erfüllen? Das perfekte englische Leben auf dem Land zu führen, mit Kindern und, das war sein Deal, einer englischen Lady als Ehefrau, die ihn endgültig in der *Upper Class* etablierte und ihn in die geheimen Codes der Aristokraten einweihte. „Understatement, kein Bling, Bling", hatte ihm ein Internatsfreund, der mittlerweile schon den Titel seiner Vaters geerbt hatte, damals erzählt, sei die oberste Prämisse. „Ein Bentley zum Beispiel signalisiert nur Geld. Ein in die Jahre gekommener Range Rover dagegen steht für ein altes Herrenhaus auf dem Land." Die englische Oberschicht würde zwar teure Marken kaufen, aber aus feinsten Naturstoffen und ohne Label. Und so weiter. Philipp dachte unwillkürlich an Mowglis protzigen Rolls Royce mit all den Sonderaustattungen, einem Himmel im Innenbereich aus Diamanten zum Beispiel. Und er erinnerte sich an Mowglis Ralph-

Lauren-Poloshirts mit überdimensioniertem Reiter und Pferd. Wie sollte er diesem schwer reichen und zweifellos gutaussehenden, aber hoffnungslos protzigen Inder eine englische Adelige besorgen? Eine vor allem, die aus zwei adeligen Elternteilen hervorgegangen war. Eine weitere *condition* seines Freundes: *A baroness is not good enough for Mowgli, I want a Princess.* Dieser alte Nimmersatt.

„Wie schnell soll ich die denn auftreiben, Mowgli?", hatte Philipp erwidert, als ihm Mowgli noch auf den Treppen vor seinem Club seine Bedingung stellte.

„Das ist dein Problem."

„Wir sind nicht in Indien."

„Sei nicht rassistisch, Philippus! Das kannst du dir nicht leisten."

„Naja, in England sucht sich niemand über Nacht eine Frau. Und Ehen werden auch nicht arrangiert. Meistens jedenfalls. Denk an deine Scheidung."

„Da geht es auch nicht um eine Milliarde Pfund."

„Im Ernst: Selbst, wenn eine Prinzessin bereit wäre, dich zu ehelichen, um ihr Land zu retten: Bis ihr standesamtlich verheiratet wäret, würde es Wochen dauern."

„Und?"

„Ich brauche deine Zustimmung heute Abend!"

Mowgli sah anscheinend ein, dass dies eine nicht zu kleine Hürde darstellte, aber er gab nicht nach.

„*Remember: A princess, Philippus, a princess*"

„Ich kann nichts garantieren, aber ich werde mein

Bestes geben, Mowgli. Notfalls gibt's Sex mit einer Prinzessin", hatte Philipp noch gesagt, bevor sie sich verabschiedeten und er in die Suite zurückkehrte und gedanklich die Koffer von Early James packen ließ.

Wieder und wieder hatte Philipp diese Szene in seinem Kopf durchgespielt und nach einem möglichen Ausweg gesucht. Er war vieles: *Trickser, Loser, Winner*, aber doch kein Menschenhändler. Noch dazu: Die einzige Prinzessin, die heute wahrscheinlich erscheinen würde, und da konnte er sich noch nicht einmal sicher sein, hieß Philippa. Und die wollte *er* umgarnen. Nur er und kein anderer. Philipp leerte den G&T und füllte noch mal nach. Langsam begannen die Tabletten des Dr. Rasputin zu wirken. Seine praktisch immer latent vorhandenen Bauchschmerzen schienen verschwunden. Sein allgemeines Unwohlsein ebenso. Er fühlte sich plötzlich fit wie ein Turnschuh, wie sein Großvater immer von sich selbst behauptete und strotzte vor Energie. Es kam ihm vor, als ob er sogar besser sehen könne. Wie ein Luchs... oder – besser noch – wie ein Adler, der weit oben in den Lüften segelnd, seine Linsen scharf stellte und auf seine Beute herabstürzte.

Warum nur hatte er Mowgli nicht einfach einen Korb gegeben? Fast übermütig fuhr sich Philipp durch die Haare. Vergnügt dachte er an den uralten Film „Charlys Tante", Peter Alexander vielmehr, in Frauenkleidern. Der hatte es doch auch gepackt, irgendwie und wider alle Wahrscheinlichkeit. Gut, er, Philipp, brauchte sich zwar keine falschen Brüste ins Mieder zu stecken. Aber es musste ihm irgendwie gelingen, Mowgli eine falsche Prinzessin zuzuführen, eine Freundin von Philippa vielleicht, die sich bereit erklärte, in einem surrealen Theaterstück mitzuspielen, das sich frei in der Realität und vielleicht ja auch auf Zuruf entwickelte. So etwas gab's, tickerte es wild in Philipps Denkmaschine unter seinem Schädeldach.

So etwas gab's. Davon hatte er schon gehört, Samuel Beckett hatte seine Protagonisten sogar in eine Mülltonne gesteckt und lauter Unsinn reden lassen. Das englische *Chick* musste seinen indischen Freund einfach dermaßen bezirzen, dass er ihr *stante pede* einen Heiratsantrag machte, sie haben musste, um jeden Preis. Und dann am nächsten Morgen mit dem *PM* und der Königin als Retter Großbritanniens vor die Presse gehen, um den Kauf des Buckingham Palace zu verkünden. Danach konnte Mowgli nicht mehr zurück. Es war ein *fait accomplie*, eine vollendete Tatsache also. Hatte Diana nicht auch einen indischen Lover gehabt? Und war dessen Vater nicht der stolze Besitzer von Harrods? Dodi hieß er, Dodi! Ja genau. Moment. Dodi war Ägypter. Egal. Mowgli jedenfalls würde niemals vor den Paparazzi davonlaufen und in einer Unterführung zerschellen, dazu war er viel zu publicitygeil. Oh, oh. Seine Phantasie begann so heftig mit ihm davon zu galoppieren, dass er sich rückwärts aufs Bett fallen ließ.

Als er – noch im Liegen – den Diskokracher *Dolce Vita* von Ryan Paris in Spotify auswählte, las er plötzlich „Philiiiiiip" auf seinem Handy.

„Nimmst Du mich mal mit auf die Wiesn?"

„Na klar, Wilhelm. Wenn Du groß bist..."

„Mama hat den Bauarbeitern gesagt, sie sollen

schon anfangen..."

„Super, ich schicke Euch das Geld die Tage."

Philipp war nun fast alles egal. Irgendwie würde schon alles gut gehen und er Geld auftreiben. „Schick mir mal ein Foto, wie es vorangeht...", textete Philipp noch, sendete ein digitales Herz hinterher und steckte sein Handy in die Tasche des Blazers. Er schrieb Mowgli die Adresse der Party via WhatsApp, verließ seine Suite und bestellte in der Lobby ein Taxi. Wenige Minuten später erschien eine dicke Pekingente. Philipp stieg ein und hoffte, dass ihn niemand Bekanntes beobachtete.

Die Party, beziehungsweise, Vernissage seines Kumpels fand in seiner Wohnung in Notting Hill statt. Um die finanzielle Situation Henrys musste es schlimm stehen (abgesehen davon, dass man, wie gesagt, seine Getränke selbst mitbringen musste, was aber auch wieder ein neuer Spleen seiner durchgeknallten Clique sein konnte). Denn früher war Henry der erste gewesen, der seine Wohnung verkaufte, um mit der Meute in das nächste coole Viertel, etwa Shoreditch, weiterzuziehen. Vor allem Künstler und Designer hatten sich bisher in Notting Hill lange wohlgefühlt, bis sie von reichen Schnöseln wie Philipps Freunden vertrieben wurden. In den Galerien, an denen er vorbeifuhr, wurde – wie er in roten Ampelphasen sehen konnte –, der gleiche Quatsch wie überall auf der Welt verkauft. Tausendmal gesehenes Abstraktes und Schmierereien sowie Installationen, für die man eine Anleitung brauchte, um sie zu verstehen. Was würde Henrys Freundin wohl zeigen? Nach einer etwa dreißigminütigen Fahrt hielt das rosa

Taxi an und Philipp stieg aus. Eine Frau im schwarz Etuikleid und mit Champagnerflasche lief an ihm vorbei und warf ihm einen missbilligenden Blick zu. Bestimmt ging sie zur gleichen Party. *Shit!* Philipp fiel ein, dass er natürlich auch etwas mitbringen musste. Und Mowgli auch. Er sah sich nach einem Shop um. Die Straßenzüge Notting Hills waren immer noch wunderschön, wenn auch ungepflegter. Vielleicht kamen nun all die Künstler und Kreativen zurück? Denn mit dem Putz von den Fassaden waren auch die Preise wieder gefallen.

Die Portobello Road, in der er stand, im 18. Jahrhundert noch ein Feldweg, war auf dem Weg in die Vergangenheit und drohte umzukippen. Die Armen holten sich ihr Viertel nach und nach wieder zurück. Der Markt für frische Lebensmittel und Antiquitäten, der im Film mit Hugh Grant berühmt geworden war, hatte sich zu einem Markt für gefälschte Waren aus Fernost gewandelt, wie Philipp gehört hatte. Ein paar hundert Meter entfernt erspähte er ein Relikt aus der guten, noch nicht allzu lange entfernten Zeit: Eine italienische Weinbar. Er kaufte zwei Flaschen Rotwein (Hauptsache teuer) und genehmigte sich einen Grappa an der Bar. Dann machte er sich auf den Weg zurück, fröhlich, als ob er schwebte. Mowgli wartete schon vor Henrys Haus und lehnte entspannt an der Hauswand. Als er Philipp sah, lächelte er siegesbewusst.

„Gehört das zu deinem neuem Look?", sagte Philipp und schlug seinem Freund mehrmals freundschaftlich auf seine mit weißem Staub – wohl von der Wand – verschmutzten Ärmel. Donnerwetter! Wie aus einem Artikel „Reiche indische Hipster in London" entsprungen sah er aus! Er trug Jeans mit Löchern, ein weißes T-Shirt mit V-Ausschnitt, Chucks, eine Weste und dazu seine goldene Patek Philippe mit dunkelblauem Ziffernblatt. Mowglis neue Lässigkeit war wirklich beeindruckend. Ein schöner Mann war er, kein Zweifel! Vielleicht gab es heute Abend ja doch noch eine Chance, die Monarchie zu retten.

„Na, wer ist die Auserwählte?", fragte Mowgli nur, ohne Anflug von Ironie oder Sarkasmus, was angesichts ihrer immer noch verzweifelten Lage eigentlich angebracht gewesen wäre.

„Die wirst du gleich sehen", sagte Philipp, obwohl er noch keine Ahnung hatte, wen er Mowgli als seine künftige Ehefrau vorstellen würde, und drückte seinem Kumpel die zweite Weinflasche in die Hand.

„Absolutely gorgeous, sag ich nur."

Die Namen und Initialen auf dem Klingelschild begutachtend, pfiff Philipp anerkennend durch die Zähne. Er kannte alle vom Hörensagen, manche persönlich. Alle waren schon in jungen Jahren mehrere Millionen, wenn nicht gar hunderte Millionen Pfund, Euro oder Dollar schwer. Und lebten alle in einem Haus. Irre. Er drückte auf den Messingknopf mit dem abgekürzten Namen seines Freundes Henry St Darcy, und die Tür öffnete sich wenige Sekunden später, ohne dass nach ihren Namen gefragt worden wäre. Noch nicht einmal eine Videokamera existierte. Auf Teufel komm' raus also wollte Henry sich ein legeres Mäntelchen umlegen. So wie nun auch Philipp und Mowgli, die sich wie die kleinen Jungs durch das piekfeine, mit pompösen Stuckreliefs und Ölgemälden verzierte Treppenhaus in den dritten Stock hinauf jagten und den Fahrstuhl verschmähten. Die Tür stand einen Spalt offen, niemand wartete darauf, sie zu begrüßen. Eine Gästeliste gab es anscheinend nicht, was wenig Prominenz versprach – und eher keine Prinzessinnen.

Mowgli schaute Philipp skeptisch an: „Was soll denn das für eine Party sein?", flüsterte er ihm direkt ins Ohr. Im Hintergrund war eintönige elektronische Musik zu hören, für Philipp ein Graus, weshalb er prompt die Stirn runzelte. Seinem indischen Freund jedoch gefielen die Beats deutlich besser. Sich im Rhythmus wiegend, betrat er die Wohnung und zog Philipp hinter sich her. Niemand beachtete sie. Außer einer Dicken mit Kurzhaarfrisur und Latzhose, die Philipp einen gelangweilten Blick zuwarf, während sie sich einen Joint zurechtmachte. Oh Mann. Nichts wie weg. Doch das war gar nicht so einfach. Der Flur war *packed*. Eigentlich hatte Philipp gedacht, die Leute zu kennen, die auf dieser Party feierten. Vom Sehen wenigstens. Auf den zweiten oder dritten Blick zumindest. Was sich jedoch als Trugschluss erwies. Fast keines der nah an ihm vorbeihuschenden Gesichter erkannte er, keine markante männliche Nase, kein weiblicher Mund, der ihm wegen seiner Schönheit je aufgefallen war. *Nobody,* kein Mensch, kein Schwein.

Natürlich wusste er, dass nichts in der Upper Class derzeit so angesagt war, wie drei Mal in der Saison seinen Style zu ändern. Und zwar bis zur Unkenntlichkeit, das war ja gerade der Witz. Was nicht bedeutete, dass man auf Accessoires verzichtete, die einen dann doch als dazugehörig identifizierbar machten.

Das konnte ein bescheiden aussehendes, aber unbezahlbares, nur für den Kenner zu wertschätzendes Schmuckstück sein. Manschettenknöpfe, Krawattennadeln. Oder ein Vintage-Kleid aus den Siebzigern, dass damals vom Meister *himself,* Christian Dior etwa oder einer anderen dieser genialen Designer, persönlich für die Mutter angefertigt und von Experten natürlich sofort als Unikat erkannt wurde. Kombiniert mit einer Strickjacke von H&M. Grrr. Sehr raffiniert. Horror. Philipp fletschte die Zähne und beobachtete Mowglis Charakterkopf, wie er sich souverän durch die Menge schob. *Er* gehörte dazu. Weiß der Geier, wie er das machte. Philipp aber blieb ein Außenseiter.

„What would you like to drink, Sir?", fragte jemand mit tiefer Stimme, doch Philipp konnte nicht sagen, woher sie kam. Er schaute sich um und sah niemanden, dem er seine Bestellung aufgeben konnte, ohne geohrfeigt oder zum Duell herausgefordert zu werden. Dann guckte er nach unten und sah einen Stormtrooper aus der Elite des imperialen Militärs im Star-Wars-Film, maximal 1,30 Meter groß, nicht mehr. Herrlich. Henry hatte vielleicht Geld, aber nicht seinen Humor verloren. Sich von Kleinwüchsigen im Kostüm bedienen zu lassen…*marvellous.* Philipp bestellte einen Espresso Martini für sich, um seine Wachsamkeit weiter zu erhöhen und für Mowgli einen schwachen Wodka Cranberry, wie er dem Diener zuraunte. Ein betrunkener Mowgli würde ihm nur Schwierigkeiten machen.

Philipp spürte ein Vibrieren in seiner Anzugtasche, konnte jedoch nicht schnell genug nach seinem Handy greifen, so sehr drängten sich die Gäste im Flur und schränkten seine Bewegungsfreiheit ein. War das etwa Percy? Jetzt schon? Philipp rechnete mit einer Antwort des britischen Gesandten frühestens kurz vor Mitternacht. In letzter Sekunde also. Wie würde sich die britische Regierung entscheiden? Würde die Party zu Ende sein, bevor sie begonnen hatte? Konnte er seine Suche einstellen? Auf dem Display seines Handys wurde nur eine unbekannte Nummer angezeigt. Na super! Naja, wenn es Percy gewesen wäre, würde er bestimmt gleich wieder anrufen oder eine Nachricht schicken.

Dieses Mal steckte Philipp das Ding in die Hosentasche, um beim nächsten Anruf schneller danach greifen zu können und berührte dabei aus Versehen leicht den Po einer Frau: Der knackige Hintern gehörte Sophie de Margin, eine nach einem überstandenen Tumor nun super katholisch gewordene französische Gräfin. Hübsch, aber leider nicht englisch und keine Prinzessin. Philipp nickte ihr entschuldigend zu und drängte sich hinter Mowgli durch den Flur. So gerne er Small Talk mochte, heute Abend musste er sich konzentrieren und schnell einen Überblick bekommen, ob eine Kandidatin anwesend war. Ob Philippa schon mit ihrer Anwesenheit glänzte? Sollte er sie einweihen, damit sie helfen würde, die Monarchie und damit auch ihre eigene Familie zu retten?

Mittlerweile fühlte sich Philipp wie auf Koks. Zumindest stellte er sich die Wirkung der Droge so vor. Vielleicht hätte er doch nicht so viele Tabletten nehmen sollen. Er wollte sich bewegen, sein Puls raste, stattdessen stand er da wie ein Denkmal. Scheinbar unnahbar und selbstbewusst. Noch mehr als sonst.

Mowgli bemerkte seine Unruhe, wartete auf ihn, sagte aber nichts. Beide standen nun in der Ecke des Wohnzimmers und scannten wie die Löwen ihre Umgebung nach Beute ab. An den hellblau gestrichenen Wänden hingen verhüllte Bilder, die von Henrys Freundin stammen mussten. Offensichtlich hatte die Künstlerin kein großes Vertrauen in die Gäste ihres Verlobten, vielleicht fürchtete sie, dass man mit Cocktails nach ihren Blumenstillleben schmiss. In der Mitte des Raumes standen zwei weiße Sofas, ein gelber Sessel und viele kleine Tische aus Acrylglas. Ein besonders großer Mensch war wohl gerade mit den weit in den Raum reichenden Spitzen eines riesigen, rot angemalten Geweihs in Berührung gekommen. Nun hing es derangiert über einem schönen alten Louis Quinze oder Gott weiß was für einem Louis-Schreibtisch, und kein anderer als Mowgli ging hin und rückte es barmherzig wieder gerade.

Die Wohnung machte auf Philipp keinen sehr durchgestylten Eindruck. Eine Kombination aus alt und neu, wie halt so üblich bei diesen niemals wirklich sesshaft werdenden Leuten. Wo steckte bloß Henry? Er konnte ihn nicht entdecken. Die unterschiedlichsten Sprachen schwirrten ihm um die Ohren: Russisch, Chinesisch, Ungarisch, ausschließlich aus Konsonanten bestehende Sprachen, so kam es ihm vor. Der typische internationale Jetset. Galeristen, Models, Kunstsammler, Anwälte, Unternehmer, Journalisten mochten sie sein, die meisten schon von Hause mit Geld ausgestattet, sowie viele, die vorgaben etwas Interessantes zu tun, eigentlich jedoch nur das Geld ihrer Eltern ausgaben.

Jetzt, wo er etwas genauer hinschauen konnte, merkte er zwar, dass er einige dieser durch die Räume wogenden Figuren tatsächlich kannte, flüchtig, von anderen Partys, aus den bunten Blättern und aus Erzählungen. Aber niemanden persönlich. Schon gar nicht Philippa, die Süße, die ihm in einem Hinterzimmer des Savoys vor einer gefühlten Ewigkeit Erdbeeren offeriert hatte. Und noch viel mehr. Manche kamen ihm weitaus jünger als er selbst vor. Er winkte Etienne Millet zu, einen Nachfahren Charles de Gaulles, der in seinem roten Tropenanzug 4.0 sehr albern wirkte. Seine Freundin trug ein halb durchsichtiges Kleid, eine Perlenkette mit Haifischzähnen, soweit Philipp dies erkennen konnte, einen Hut aus Vogelfedern und Hunter Gummistiefel. Angeregt plauderte sie mit einer vielleicht vierzig Jahre alten Frau in brauner Kosmonautenkluft, die Philipp an die Muse irgendeines verrückten Designers erinnerte. So wie sie aussah, hätte sie aber vielleicht auch noch Stalin kennen können oder wenigstens Breschnew. Zu ihren Füßen lag ein außerordentlich abgemagerter Mops, was in Philipps Augen den Tatbestand eines Oxymorons erfüllte. Es gab Schulstunden, wunderte er sich, da hatte er gut aufgepasst.

Philipps Handy vibrierte. Wieder begann sein Herz zu pumpen. Der Absender der Nummer, die er nicht eingespeichert hatte, war Percy: „Wir stimmen deinem Vorschlag zu. Versau es nicht!".

Yeah, baby! Die britische Regierung würde die englische Königsfamilie also mehr oder weniger zwingen – oder besser: freundlich überreden – den Buckingham Palace an Mowgli zu verkaufen. Jetzt musste nur noch eine Prinzessin für seinen indischen Freund her...

„Heeeey, Philipp. Was machst du denn hier?", fragte eine Frau, die plötzlich direkt vor ihm stand.

„Findest du es auch so grässlich langweilig hier?"

Who's that girl?

„Sind gerade erst gekommen", erwiderte er und überlegte krampfhaft, wer das bezaubernde Mädel in der Baseballjacke und der Jogginghose war.

„*Be honest!* Du weißt nicht mehr, wer ich bin, oder?"

Philipp traute sich nicht, ja zu sagen.

„Ich bin Margaret."

Mowgli stellte sich vor, höflich, aber eher gezwungen. Margaret jedoch zog Philipps Freund förmlich mit ihren Blicken aus. Sie schien definitiv ein Faible für gutaussehende Inder zu haben.

Immer noch fiel bei Philipp nicht der Groschen. Natürlich zählte er eins und eins zu zusammen: Das Mädel musste die Margaret sein, die seine Zusage für die Party bei Facebook geliked hatte. Und wenn Facebook-Margaret wirklich Margaret war, schloss Philipp messerscharf, war Margaret nicht Philippa.

„Wir haben uns vor Jahren bei einem Fest in Biarritz kennengelernt. *Don't you remember?* Ich bin eine Cousine von Philippa. Ihr habt euch kürzlich kennengelernt, richtig? Ich soll dir schöne Grüße ausrichten."

„Jetzt weiß ich's wieder", log Philipp. Der heiße Abend an der französischen Atlantikküste war ihm in guter Erinnerung, Margaret kam darin nicht vor.

„Wo ist Philippa denn? Kommt sie noch?"

„Nein, sie mit Nicholas in Paris."

„Wer ist Nicholas?"

„Ihr Verlobter."

Philipp musste sich fast übergeben. *Literally*. Der Espresso Martini drohte wiederzukehren, mühsam kämpfte er ihn nieder.

„Wusstest du nicht, dass sie seit Jahren mit Nicholas zusammen ist? Du kennst ihn doch? Er turnte damals auch auf dem Fest herum. Du hast sogar mal heiß mit ihm diskutiert. Über den Sinn seines Promotionsthemas, den Sex der Farne. Leider habe ich den wissenschaftlich korrekten Titel nicht mehr parat."

Doch, diese Episode hatte er tatsächlich im Gedächtnis behalten. Komischer Vogel. Letztlich aber hätte er lieber die Klatschblätter lesen sollen, als sich so abstruse Details zu merken. Headlines wie: „Nicholas und Philippa so glücklich beim Segeln vor Griechenland!" Oder: „Englisches Traumpaar bei den French Open gesichtet". „N+P getrennt? Darum streitet sich das It-Couple?" Und kurz danach: „Die große Versöhnung: Nicholas und Philippa verlobt". In Zukunft würde er sich einen Arzt mit Zeitschriften suchen, die der *common man* las. Und nicht Reisemagazine über die sibirische Steppe oder Reportagen über zeitgenössische russische Autoren, denen Dr. Rasputin, der auch als Psychotherapeut arbeitete, immer mal wieder kostenlos aus ihren manisch-depressiven Zuständen half. Mein Gott, wie hatte er die Situation so missdeuten können! Natürlich hatte die stürmische Romanze mit Philippa im Savoy nur eine Stunde gedauert. Trotz seiner plötzlich so heftig ausgebrochenen Gefühle war es aber eben doch nicht Liebe auf den ersten Blick gewesen. Waren gleich bis zum Äußersten gehende Flirts etwa ihr Hobby? Mutproben der besonders zynischen Art? Weil sie den kleinen Spießer mal so richtig verarschen wollte? Oder ihn benutzen wollte für einen letzten Seitensprung vor der Ehe? Der dann gründlich in die Hose ging. Oder steckte vielleicht sogar mehr dahinter? War die so zielgerichtete Verführung seiner Person nur Teil einer perfiden Inszenierung gewesen? Um herauszubekommen, was er über die Zukunft der Monarchie wusste? Beabsichtigte sie, ihn beim mit Champagner und Erdbeeren garnierten Liebesspiel zu fragen, was denn aus ihrem Titel und ihren Ländereien werden sollte? Plante sie Einfluss zu nehmen oder ihn eventuell gar zu bestechen? Tausend Gedanken schossen Philipp durch den Kopf.

„Du guckst, als ob dir jemand mit einer Magnum-Flasche Schampus auf den Kopf geschlagen hätte!", sagte Margaret und guckte Mowgli erstaunt an.

In der Tat. So fühlte Philipp sich auch. Sein Traum, Philippa zu heiraten, war geplatzt. Sich dadurch finanziell zu sanieren ebenfalls. Nur mit Müh und Not konnte er sich sammeln. Sein Mund wurde trocken. Seine Sehkraft begann deutlich nachzulassen. Ihm war schummrig, er konnte kaum erkennen, wie Margaret überhaupt aussah. Gut? Schlecht? Brünett? Blond? Dick? Dünn? Die Brüste? Innerhalb von Sekunden bekam er auch noch fürchterliche Bauchschmerzen. Sein Herz hörte nicht auf zu rasen, vielleicht wären zwei Pillen weniger doch gut gewesen.

Und weniger Alkohol. Weniger Gin, weniger Tonic. Der Schweiß floss ihm aus allen Poren. Gleich muss ich mich übergeben, dachte.

„Geht's dir gut? Du siehst aus wie der Tod?", mischte sich jetzt auch Mowgli ein und packte Philipp fürsorglich an den Schultern.

„Mir geht's super", keuchte Philipp und rannte los. „Ich lass euch zwei Hübschen mal allein".

Wie ein Footballspieler stieß er die ihm im Weg stehenden Gäste einfach beiseite. Er trat dem Mager-Mops auf die Füße, der Dicken auf ein zu lang ausgestrecktes Latzhosenbein, tatschte der französischen Gräfin abermals versehentlich auf den Hintern, die diese Berührung mit einem Zwinkern beantwortete, und rempelte einem Mitglied der Sturmtruppen ein Tablett mit Getränken aus der Hand, das klirrend auf den Marmorboden krachte. Würgend und immer wieder fast das Gleichgewicht verlierend, lief er die Treppen hinunter, spurtete über die Straße, nur ganz knapp an einem heranpreschenden Auto vorbei, und erreichte völlig außer Atem den Hyde Park.

Immerhin, erst nachdem er über den Zaun geklettert und mit den Füßen auf dem Boden angekommen war, brach es aus ihm heraus, soweit hatte er sich noch im Griff gehabt. Der Schwall Kotze jedoch, der zu seinen Füßen landete, schien seinen Körper zu zerfetzen. Als ob er in den Krieg zöge, so laut musste er brüllen. Danach blieb er ein paar Minuten stehen, schwer atmend an einen Baum gelehnt, eine Leere in sich fühlend wie nie zuvor in seinem Leben. Buchstäblich, in jeder Beziehung. Aber es war noch nicht vorbei. Leider. Noch ein paar Mal musste er sich übergeben, jedes Mal unter Stöhnen und Schluchzen, bis er nur noch Gallenflüssigkeit spuckte.

Dann wurde er ruhiger und hörte auch auf zu zittern. Um nicht auf schmusende Pärchen oder Penner zu treffen, lief er immer weiter in den Park hinein. Was für ein Urwald mitten in der Großstadt, überall knackte und rumorte es. Unter einer Eiche fand er eine Bank. Und dort blieb er – die Hände in die Taschen gebohrt und den Kragen hochgeklappt – sitzen, bis der Morgen graute. Dass er nicht fror, hatte er wohl seinem Restalkohol im Blut zu verdanken. Zwischendurch musste er sogar eingeschlafen sein, denn irgendwann, im Traum, weit oben am vor Sternen funkelnden Himmel, sah er seinen Onkel Fortuné, den nicht tot zu kriegenden Familienpatriarchen, auf sich herabblicken. Wie Godfather *himself* sah er aus und trug einen langen, flusigen Bart, der sich wie eine Schleierwolke vor den Vollmond legte. „Mach keine Dummheiten, Philipp", rief er ihm zu, „kauf bloß keine Windräder, kauf Aktien... sei brav..."

Bling, bling. WhatsApp meldete eine neue Nachricht und brachte Philipp zu sich.

„Princess Margaret ist fantastisch. Wir sind im Geschäft!", schrieb Mowgli.

„Hast du ihr etwa einen Antrag gemacht, du Irrer?", antwortete Philipp, dem nun alles egal war. Seine Finger fühlten sich wie direkt aus dem Kühlfach gekommene Pommes an, er konnte kaum tippen.

„Nein, noch nicht, aber es läuft super. *She is totally into me.* Der Rest ergibt sich von allein. Wann bekommt man schon mal die Chance, als Inder den

Buckingham Palace zu kaufen?"

„Wonderful, ich schreibe der Regierung, dass der Deal steht", textete Philipp und schrieb dann Percy:

„Mein Freund ist bereit, den Buckingham Palace für 1 Milliarde Pfund zu kaufen! Morgen muss das Geschäft mit der Queen bekannt gegeben werden."

„Wie geht es dir eigentlich?", las Philipp noch die letzte Nachricht seines um ihn besorgten Kindheitsfreunds und Monopoly-Partners. „Besser?"

Gute Frage. War er nun glücklich? Ach was, seine Gefühle waren ambivalent. Die Monarchie schien ihm zwar bis auf Weiteres gerettet, die Frau seiner Träume jedoch war hinfort. Und ein Problem blieb bestehen: Wie sollte er seine finanziellen *issues* regeln? Wie den Dispo ausgleichen? Seine Garderobe erneuern? Die Reparatur seines Aston Martin bezahlen? Kurz, sein altes luxuriöses Leben wieder aufnehmen? Und, last *but not least* das neue Haus von Wilhem Mbutu bezahlen? Die Überweisung des IWF würde ihn nur kurz über Wasser halten, so viel stand fest.

Dann kam ihm eine glorreiche Idee, die schlich sich zuerst an und ging wieder weg und schwirrte ein paar Mal um seinen Kopf herum, bevor sie sich in seine Gehirnwindungen bohrte.

Wie wäre es, wenn er *alle* ihm angebotenen Jobs zusagte? Nicht nur das auf ein halbes Jahr begrenzte Angebot des Industrieverbandes, ihn in seinen hoch bezahlten Beirat einziehen zu lassen. Sondern allen Interessengruppen bei den anstehenden Reformen etwas – mehr oder weniger – entgegenzukommen? Dann könnte ihm niemand etwas, oder eben alle, was dann auch schon wieder egal war. Avancen hatte es ja nicht wenige gegeben an jenem bedeutsamen Abend im Savoy. Verrückt. Genial. Verrückt. Das war's.

He was a genius.

Wenn er alles richtigmachte, könnte er künftig für die Metallgewerkschaft im Aufsichtsrat des größten britischen Industrieunternehmens sitzen und die paar hunderttausend Pfund Honorar flössen direkt in seine Kasse. Den fürstlich entlohnten Beraterposten der Investmentbank würde er als ehemaliger Banker natürlich auch nicht verachten, ebenso wenig wie den unentgeltlichen Beraterjob bei der bewussten, immer größenwahnsinniger werdenden Umweltorganisation, der ihm die Sympathien der Linken einbrachte, sowie den damit einhergehenden Aufsichtsratsitz in einer großen Windenergiefirma. Zumindest für ein Jahr hätte er finanziell ausgesorgt. Was danach kam, würde sich zeigen. Für die Reparatur von Wilhelm Mbutus Haus aufzukommen, wäre jedenfalls ein Kinderspiel. Auch eine neue Philippa könnte er sich dann suchen. Nichts leichter als das. Schöner, klüger, reicher und unter dem Vorbehalt, dass sie nicht vergeben war. Nein, so dumm wäre er nie wieder...

Herrgott ja! Philipp streckte sich und blies warme Luft auf seine klammen Finger. Es hatte Vorteile, so begeisterungsfähig zu sein, wie alle Zwillinge, auch wenn man ihnen ihr schnell nachlassendes Interesse ankreidete, für alles, wofür sie zuvor noch lichterloh gebrannt hatten. Sein Sternzeichen passte, kein Zweifel. Dagegen kam man nicht an, oder? Genauso wenig wie gegen seine Gene. Sein Herz klopfte wieder ein bisschen schneller, das Blut rauschte in seinen Ohren.

In ein paar schwindelerregenden Nanosekunden könnte er sämtlichen Lobbyisten die Nachricht senden, dass er für alle ihre Angebote bereit war. Tatsächlich hatte er auch schon sein iPhone in der Hand und wollte loslegen. Dann aber hörte er wieder Onkel Fortuné reden, vom rötlich schimmernden Himmel herab, es war das gleiche dumme Geschwätz wie vorhin, nur noch viel eindringlicher.

„Sei brav, Philipp, sei brav!"

My goodness, *brave* hieß im Englischen tapfer und mutig und stolz, so konnte man das Wort doch auch interpretieren. Als Kind hätte er an dieser Stelle mit dem Fuß aufgestampft. Dann aber ließ Philipp sein Gerät doch in seiner Hosentasche verschwinden und seufzte resigniert. So war es, wenn man Zwilling war. Da konnte man nichts machen. Man war der Sklave seiner Begeisterung, aber auch deren Gegenteil. Aufgeschoben war nicht aufgehoben. Damit wollte er sich erst einmal trösten.

Philipp stand auf, wieder einigermaßen gut drauf, und blickte auf die Parkbank, auf der er die vergangenen Stunden gesessen hatte.

„In Memory of Roger Peterson. Who hated this park and everyone in it", stand auf der Plakette geschrieben, die sich heute Nacht immer mal wieder unangenehm in seinen Rücken gebohrt hatte.

„Was für ein Miesepeter", sagte Philipp und schlenderte Richtung Ausgang.

„Life is good, no doubt about it".

14

Als Philipp wieder an derselben Stelle aus dem Park über den Zaun kletterte, um zur naheliegenden, ihm bekannten Taxihaltestellte zu gehen, war er erst positiv überrascht, dann misstrauisch: Direkt vor dem Zaun wartete Alasdair mit seinem grünen Porsche. Was machte sein Fahrer hier? War er ihm gefolgt? Aus rein professionellem Arbeitseifer? Oder anderen Gründen? Um einen Zufall konnte es sich definitiv nicht handeln.

An Philipp lief eine junge, fernöstlich aussehende Frau vorbei, die Hunde spazieren führte. Nicht zu fassen, dass die *dogwalker* so früh ihren Job verrichteten. Ansonsten war niemand auf der Straße zu sehen. Alasdair wartete augenscheinlich, bis die Frau ihn passiert hatte, dann stieg er aus und lief auf Philipp zu. Dieser spürte, dass irgendetwas nicht stimmte und setzte seine Muskeln in Alarmbereitschaft.

„Guten Abend, Sir!", sagte Alasdair jedoch, freundlich wie immer, und öffnete Philipp die Tür.

„Hi", sagte Philipp und stieg ein – in eine Falle?

Alasdair fuhr los, die Türen schlossen sich automatisch. Dieses Mal machte es Philipp Angst.

„Ich muss Ihnen etwas beichten", sagte sein Fahrer unumwunden. Er sah übernächtigt aus, seine Krawatte saß locker, sah Philipp im Rückspiegel.

Philipp schwieg und wartete.

„Ich habe Sie hintergangen."

„Nun machen Sie sich wegen des Toyota Prius keine Sorgen", sagte Philipp. „Schon vergessen."

„Nein, das ist es nicht. Wissen Sie, dass ich Sie wirklich hasse, Philipp?"

Was sollte Philipp denn darauf antworten?

Am Kyoto Garden vorbei, wo im Frühjahr die Pfauen schreien und die Kirschen blühen würden, fuhren sie in Richtung Kensington. Noch stimmte die Richtung zu seinem Club. Wollte Alasdair ihn entführen? Lösegeld von der britischen Regierung oder dem Währungsfonds, seinem Auftraggeber, erpressen? Ihn gar umbringen?

„Sie haben mich damals per Mail entlassen, ohne mit der Wimper zu zucken, ohne ein Gespräch zum Abschied, ohne ein einziges wohlwollendes Wort ..."

Alasdair redete weiter, ganz ruhig und bedächtig, auf den Verkehr achtend, aber auch Philipp im Blick.

„Damals bin ich in ein tiefes Loch gestürzt. Nur meine Kinder und meine Frau, mit ihrer Liebe und, ja, auch ihrem Geld, haben mich damals über Wasser gehalten..."

„.. und mein Therapeut...Sie kennen ihn, Dr. Rasputin..."

Diese einfallslosen Banker, dachte Philipp. Alle nutzen dieselben Ressourcen, alle wallfahren zum selben Medizinmann. Wie gut, dass ihm dies nicht passierte. Rasputin wusste zwar von seinen Verdauungsschwierigkeiten, aber doch nichts von seinen sonstigen Problemen. Die beste Strategie war wirklich, die Klappe zu halten. Niemals würde sich Philipp auf irgendeine psychoanalytische Couch legen.

„Als ich Sie dann vor ein paar Tagen in mein Auto steigen sah, kam alles wieder hoch, was ich jahrelang in mir vergraben hatte ... Sie verstehen meine Tat nun, oder? Sie haben Verständnis für mich, nicht wahr?"

Er sprach, als ob er einen Kieselstein in seinem Mund hin und herrollte.

„Welche Taten, Alasdair? Ich verstehe noch immer nicht, was Sie von mir wollen", sah sich Philipp nun doch gezwungen zu antworten.

„Sie bloßzustellen. Sie fertig zu machen. *Ich* habe den Stick mit den Troika-Dokumenten im Fonds des Wagen gefunden, und *ich* habe die Website – mit Hilfe meines Sohnes – online gestellt."

„Dann sind Sie der Verräter? Und nicht einer meiner Kollegen?"

„Es tut mir leid. Ich hasse Sie zwar immer noch, aber diese Rache war nicht korrekt. "

Philipp war sprachlos. Ratlos schaute er auf das Tattoo an Alasdairs Hals, der Löwe, der sich bewegte, wenn der Chauffeur seinen Kopf nach rechts oder links drehte. Die ganze Zeit hatte er sich das Gehirn zermartert, wer die Troika-Pläne veröffentlicht hatte. Auch Operation Counter Steak war umsonst gewesen. Die Scharade mit den fingierten Nachrichten, dem neuen Handy – ohne Sinn und Zweck.

„Und woher kommt die plötzliche Reue?", fragte Philipp, in seiner Tasche vibrierte das Handy.

„Dr. Rasputin war ganz schön böse auf mich, als ich ihm davon erzählte. Er behandelt Sie auch, wie ich feststellte, als ich Sie abgeholt habe."

Alasdair hatte inzwischen den Wagen neben der Fahrbahn angehalten, wohl um sich besser auf ihr Gespräch, oder besser seinen Monolog, konzentrieren zu können. Seine Hände gingen auf dem Lenkrad auf und nieder, zwischendurch fuhr er sich auch durch die Haare.

„Dr. Rasputin riet mir, mich bei Ihnen zu entschuldigen, auch wenn es schreckliche Konsequenzen haben sollte und Sie mich anzeigen würden, ... wegen Hochverrats oder so ähnlich. Nicht weil er Sie mag, sondern weil er es wichtig für meine Therapie hält."

Er kurbelte seine Fensterscheibe herunter und streckte seinen Kopf ins Freie, machte seinen Kragenknopf auf und wieder zu. Legte die Hand über die Augen. Zog an seinen Daumen. Lauter sogenannte Übersprungshandlungen, über die Philipp im Leistungskurs Biologie einmal ein Referat gehalten hatte. Enten oder Gänse betreffend allerdings, keine Menschen.

„Ehrlich gesagt, habe mir sogar schon überlegt, welche Botschaft mir eventuell Asyl gewähren könnte. Ich habe keine Lust, wie Julian Assange von Wikileaks zu enden..."

Alasdair war tief betrübt. Dann aber setzte er sich doch gerade hin, gab sich einen Ruck und schnarrte seine schottische Entschuldigung.

„I am verrrryy sorrrry, Sirrr!",

„I am verrrryy sorrrry, Sirrr!",

„I am verrrryy sorrrry, Sirrr!", dreimal hintereinander.

Was tun? Natürlich war Philipp stinksauer. Keine Frage. Der *Driving Scotsman* hatte sein Vertrauen missbraucht und seine Nerven strapaziert. Am liebsten hätte er ihn verprügelt und danach der Polizei übergeben. Aber, Philipp konnte es drehen und wenden, wie er wollte: Erst durch seinen Fehler, sprich, den Verlust des USB-Sticks, hatte Alasdair überhaupt die Chance bekommen, ihn zu verraten.

Ob die Ermittler Philipp glauben würden, dass er nichts mit dem *leaking* zu tun hatte? Höchst zweifelhaft. Es würde peinlich für ihn werden, peinlich ohne Ende. *Embarrassing* in höchstem Maße. Wenn er an Franzi dachte, begannen seine Ohren jetzt schon zu glühen. Nur sie konnte ihm die Troika-Mitgliedschaft retten. Oder auch nicht. Und die lukrativen Posten konnte er sowieso vergessen. Wie gut, dass er die E-Mails nicht abgeschickt hatte. Wie gut, dass Godfather Fortuné sich gemeldet hatte.

Minuten vergingen, ohne dass einer von beiden etwas sagte. Alasdair starrte auf die orange blinkende Ampel rechts vor ihm. Und Philipp starrte auf Alasdairs Tattoo, was dieser instinktiv spürte.

„Hat mein Sohn gestochen, er hat seine Meisterprüfung auf meinem Hals abgelegt. *So to say*. Keine Ahnung, was die komischen Zeichen und Symbole bedeuten, die er zu Füßen des Löwen auf meinem Hals gelegt hat. Hoffentlich nichts Schlimmes."

„*Alrrrright, that's fine*", sagte Philipp schließlich. „*Brrring me to the club, please! I am in hurrrryy.*"

Epilog
Kurze Zeit später stellte sich heraus, dass die Troika sich geirrt hatte. Und zwar kolossal. Die einschneidenden Reformen führten zu flächendeckenden und anhaltenden Protesten gegen die britische Regierung und die Troika. Der Verkauf des Buckingham Palace an Mowgli, den indischen Milliardär, war der berühmte Tropfen, der das Pint Bier in den britischen Pubs zum Überlaufen brachte und nicht der erhoffte Befreiungsschlag. Der Ruf nach einem Austritt aus der Europäischen Union wurde so laut, dass die britische Regierung rund um Anthony, Prime Minister und Philipps alter Freund, nicht mehr weghören konnte und ein Referendum einleitete. Eine knappe Mehrheit entschied sich für den Brexit und die Regierung und Troika wurde vom Hof gejagt. Sokrates kehrte an seinen alten Lehrstuhl in Athen zurück und versuchte seine Erlebnisse in quantitative Modelle zu quetschen. François hängte die Beamtenlaufbahn an den Nagel und gründete – nachdem ihm sein Statistendasein nicht mehr genügt hatte, – ein eigenes Theater. Philipp kratzte sein letztes Geld zusammen und eröffnete eine Salumeria, ein Geschäft mit italienischen Spezialitäten, in seiner Heimatstadt. Ein auswärtiger Dauergast war, wie die Einheimischen neugierig feststellten, eine sympathische, hübsche Frau mit giftgrünen Chucks und auffälligem Ring sowie Wiener Akzent.